मेरे दो हिंदी नाटक

बड़ी हवेली और पेइंग गेस्ट

बड़ी हवेली

वर्तमान राजनीति के दांव पेंच

पेइंग गेस्ट

एक पारिवारिक कहानी में अलादीन का चिराग

नाटककार

महेंद्र आर्य

notionpress.com

INDIA · SINGAPORE · MALAYSIA

ISBN 979-8-89446-365-0

अंतर्वस्तु

आमुख 5

बड़ी हवेली
लेखक श्री महेंद्र आर्य

पात्र परिचय 9
सूचना 11
दृश्य १ 13
दृश्य 2 17
दृश्य 3 23
दृश्य 4 39
दृश्य 5 44
दृश्य 6 50
दृश्य 7 55
दृश्य 8 61
दृश्य 9 63

पेईंग गेस्ट
मानवीय मूल्यों पर आधारित एक कल्पना

पात्र परिचय 69
पेईंग गेस्ट 70
दृश्य १ 71
दृश्य 2 79

अंतर्वस्तु

दृश्य 3 87
दृश्य 4 95
दृश्य 5 97
दृश्य 6 100
दृश्य 7 104
दृश्य 8 107
दृश्य 9 113
दृश्य 10 116

आमुख

मेरे सुधी पाठकों! इस पुस्तक में मैं प्रस्तुत करता हूँ - मेरे लिखे हुए दो नाटक। मेरे नाटकों का मुख्य उद्देश्य होता है - पाठकों / दर्शकों का विशुद्ध मनोरंजन। मेरे नाटकों की कथाएं प्रायः आधारित होती हैं - राजनीति, पारिवारिक परिवेश, रहस्य आदि पर! मेरे लिखे हुए सभी नाटक मंच पर खेले जा चुकें हैं। मैंने अपने सभी नाटकों में कोई न कोई भूमिका भी निभाई है। भाषा शैली वर्तमान में प्रचलित हिंदी और अंग्रेजी के मिश्रण वाली हिंदी है।

इस किताब में मैंने चुने हैं, अपने दो नाटक - 1. वर्तमान समय की राजनीति पर आधारित नाटक **बड़ी हवेली** तथा 2. एक काल्पनिक यंत्र का सहारा लेकर, एक परिवार के अंदर घट रही उथल पुथल का चित्रण और समाधान का नाटक **पेइंग गेस्ट**। दोनों नाटक दर्शकों द्वारा बहुत पसंद किये गए। **जीवंत** नाम के हमारे नाटक ग्रुप द्वारा मंच पर खेले गए, इन दोनों नाटकों के कुछ चित्र भी मैंने शामिल किये हैं। इससे उन पाठकों को - जो इन नाटकों का मंचन करना चाहते हैं, उन्हें मंच सज्जा के लिए कुछ मार्ग दर्शन मिलेगा!

मुझे विश्वास है, मेरे पाठकों को ये दोनों नाटक पसंद आएंगे! आप सब की प्रतिक्रिया की प्रतीक्षा रहेगी, मेरे इस ईमेल पते पर -

author.mahendraarya@gmail.com

मेरी सभी पुस्तकों और वीडियो के लिए आप मेरी वेसबसाइट www.mahendraarya.com पर पहुंचें!

आभार सहित
महेंद्र आर्य

बड़ी हवेली

लेखक श्री महेंद्र आर्य

पात्र परिचय

1। श्री परमेश्वरी लाल उर्फ़ नेताजी, प्रजातान्त्रिक पार्टी के नेता और हस्तिनापुर राज्य के मुख्यमंत्री, शरीर से भारी, उम्र 60 साल

(Mahendra Arya)

2। नेताजी की पत्नी - चकोरी देवी, उम्र 55 साल

(Lata Garg)

3। नेताजी का पुत्र - विक्रमादित्य, उम्र 35 साल

(Aayush Modi)

4। नेताजी का सहायक - भोलाराम, उम्र 52 साल

(Naresh Doshi)

5। दिगंबर दयाल, मुख्य विपक्षी दल - देशभक्त दल के नेता, शरीर से सामान्य, उम्र 65 साल

(Harichand Bansal)

6। हीरालाल - हस्तिनापुर मजदूर संघ के युवा नेता, उम्र 29 साल

(Rajiv Agarwal)

7। सुमन - हीरालाल की बहन, उम्र 27 साल

(Suman Gupta)

8। मोतीलाल - हस्तिनापुर अध्यापक संघ के नेता, उम्र 26 साल

(Ashwini Arya)

9। राधेश्याम - गाँव का सरपंच, उम्र 65 साल

(Sushil Poddar)

10। मीनाक्षी जोशी, हस्तिनापुर टाइम्स की संवाददाता, उम्र 44 साल

(Kusum Bansal)

11। कैमरामैन, हस्तिनापुर टाइम्स का, उम्र 30 साल

(Suyash Gupta)

12। ग्रामीण - 1

13। ग्रामीण - 2

14। ग्रामीण - 3

15। सिंह साहब - हस्तिनापुर टाइम्स के चेयरमैन, उम्र 58 साल

(Narottam Sharma)

सूचना

ये नाटक देश की राजनैतिक हालात पर आधारित है। इस नाटक में हमने काल्पनिक राज्य हस्तिनापुर का सहारा लिया है ताकि हमारा व्यंग्य किसी राज्य विशेष को बुरा न लगे; न ही हमने किसी राजनैतिक दल या नेता को यहाँ घसीटने की कोशिश की है। इसलिए हमारी ये सलाह है कि कोई भी दल या व्यक्ति इसे दलगत या व्यक्तिगत कटाक्ष न समझे। फिर भी कोई समझता है, तो समझता रहे, हमारी क्या भैंस खोल लेगा।

हस्तिनापुर की विधान सभा के चुनाव नजदीक आ रहें हैं। सभी छोटी बड़ी पार्टियाँ अपने अपने प्रचार में लगी हैं। सबके अपने अपने एजेंडा पेश हो रहे हैं। लेकिन जो नजर आता है वही सिर्फ राजनीति नहीं है। दरअसल राजनीति वो है जो नजर ही नहीं आती।

दृश्य १

हस्तिनापुर राज्य में एक छोटे से गाँव लखीमपुर की चौपाल का दृश्य! एक पेड़ के नीचे जमीन पर बैठें हैं हीरा और मोती!

हीरा - पता नहीं इस गाँव की किस्मत कब बदलेगी।

मोती - अपनी जिंदगी में तो नहीं।

(*सुमन का प्रवेश*)

सुमन - किस्मत बदलने के लिए कोई कुछ कर रहा है क्या यहाँ?

(*सुमन भी हीरा के पास आकर बैठ जाती है*)

हीरा - कोई कर भी क्या सकता है। हर आदमी तो अपनी रोटी के जुगाड़ में लगा है।

मोती - लेकिन सरकार भी तो कुछ नहीं कर रही न?

हीरा - सरकार को फुर्सत नहीं की लखीमपुर जैसे गाँव की तरफ ध्यान दे।

सुमन - लेकिन राज्य का मुख्य मंत्री इसी क्षेत्र से चुनाव लड़ता है, तो उसकी कुछ जिम्मेवारी नहीं बनती यहाँ?

मोती - सुमन, चुनाव तो नाम के वास्ते ही होता है यहाँ! बड़ी हवेली के सामने कौन खड़ा होता है?

हीरा - बचपन से ही सुनते आये हैं इस बड़ी हवेली का नाम! अभी नेताजी मुख्य मंत्री हैं, उनके पहले उनके पिताजी थे, और उनके पहले उनके पिताजी!

सुमन - लेकिन तीन तीन पुश्तों ने क्या किया इस गाँव के लिए? सड़कों का नाम नहीं, स्कूल है तो टीचर नहीं, बिजली के खम्बे लगा दिए, लेकिन बिजली नदारद, कोई हस्पताल नहीं! हाँ, अपना नाम ऊंचा करने के लिए एक मंदिर बना कर खड़ा कर दिया। नेताजी खुद तो अपने परिवार के साथ बड़े शहर में ठाठ से रहते हैं, बस पांच साल में गाँव के रहनुमा बन कर आ जाते हैं यहाँ वोट मांगने!

मोती - लेकिन वोट तो हमीं लोग डालते हैं न इनको?

हीरा - लेकिन कोई दूसरा होता भी तो नहीं, नाम के वास्ते ये देशभक्त दल वाले खड़ा कर देते हैं, पलटू किसान को। उसकी अपनी बिरादरी में ही कोई इज्जत नहीं, गाँव के वोट क्या मिलेंगे? क्या उन्हें कोई दूसरा मजबूत आदमी नजर नहीं आता?

(गाँव के सरपंच राधेश्याम का प्रवेश। राधेश्याम भी पास ही बैठ जाता है।)

राधेश्याम - भाई बात तो हीरा ठीक बोल रहा है, लेकिन बड़ी हवेली के सामने खड़ा कौन होवे। .... हे हीरा भैया, तुम ही क्यों नहीं खड़े हो जाते। पढ़े लिखे हो, अपनी मिल में लीडरी करते ही हो, बोलने में तेज हो। क्यों?

मोती - बात तो ठीक बोल रहें हैं राधेश्याम काका! लेकिन वोट डालने के दिन तो आप सब ही रेवड़ की तरह चल पड़ते हो बड़ी हवेली के नाम पर!

हीरा - अरे काका, ये विधान सभा का चुनाव है, आस पास के सभी गाँव मिला कर बनती है एक सीट। तुम क्या सोचते हो की खाली भाषण सुन कर लोग वोट डाल देते हैं? भाषण तो सभी मनोरंजन के लिए सुनते हैं, वोट का निर्णय तो होता है जब देसी दारू और मुर्गों की दावत चलती है - हफ्ते भर तक। गाँव का समझदार से समझदार आदमी भी बिक जाता है इतने में।

राधेश्याम - भाई भूखे का भगवान तो भोजन ही होता है।

सुमन - लेकिन इस बार हम सब मिल कर प्रचार करेंगे बड़ी हवेली के खिलाफ। सब को नकार देंगे।

मोती - हाँ ये तो कर सकते हैं न? चाहे कोई सामने हो या न हो, नेताजी को तो हरवा ही देंगे। क्यों काका?

(राधेश्याम उठ कर चल देता है।)

हीरा (उत्तेजित होकर) - देखा न, बड़ी हवेली के खिलाफ मुंह खोलना तो दूर, मुंह खोलने वालों की बात सुनना भी मंजूर नहीं किसी को। जिंदगी भर ऐसे ही मरते रहेंगे ये गाँव वाले, लेकिन उसी हवेली की दहलीज चाटते रहेंगे।

मोती - कम से कम हम तीनों तो ये फैसला कर के उठें कि हमें इस बार चुनाव में बड़ी हवेली के नेताजी का विरोध करना है।

सुमन - मंजूर!

हीरा - तुम दोनों तैयार हो तो मैं कौन सा अलग हूँ - तुम दोनों से!

(तीनों हाथ मिलाते हैं!)

अँधेरा होता है!

दृश्य 2

*प्रजातान्त्रिक पार्टी की चुनाव सभा का दृश्य! एक मंच बना हुआ है, जिस पर रखी है एक टेबल, 2 कुर्सियां और एक माइक। पीछे लगा है एक बैनर जिसपर चुनाव चिन्ह अंकित है एक हवेली का, जिसके नीचे हिंदी में लिखा है **बड़ी हवेली**। सामने जमीन पर बैठी है जनता - ज्यादातर गरीब किसान और मजदूर। एक दो युवक जरा पढ़े लिखे से दिखने वाले भी वहीं मौजूद है। मीडिया के कैमरे लगे हैं। काफी चहल पहल।*

गाँव के सरपंच राधेश्याम माइक पर आकर बोलते हैं।

सरपंच राधेश्याम - भाइयों, नेताजी पहुँचने ही वाले हैं, दरअसल उनका हेलिकोप्टर गाँव के ऊपर तो आ चूका है, लेकिन उन्हें नीचे उतरने की जगह नहीं मिल रही है।

भीड़ में से एक बोला - एतनी केतनी जगह लगती है भाई। उतार देवो किसी खेत खलिहान में!

दूसरा बोला - अरे हियाँ काहे नहीं उतारते, इ तो गाँव का चौपाल है, सबसे बड़ा मैदान।

तीसरा बोला - नेताजी जब आवें - आ जावें, लेकिन तब तक जरा नाच गाना काहे नहीं शुरू करते।

सब लोग - इ सही है, भाई शुरू करा कुछ ....

(मंच पर एक नाचने वाली का प्रवेश! नेपथ्य से गाना बजता है - बीडी जलाई ले ....; नाचने वाली नाचना शुरू करती है! भीड़

में से सीटियों की आवाज! एक दो लड़के उठ कर नाचना शुरू कर देते हैं! तभी मंत्रीजी का प्रवेश; नाच गाना बंद)

सरपंच राधेश्याम - प्यारे भाइयों और बहिनों! अब हमारे बीच में पधार चुके हैं - आपके परम प्रिय नेता - प्रजातान्त्रिक पार्टी के प्रमुख श्री परमेश्वरीलाल जी, यानि की हमारे इसी गाँव के बेटे नेताजी! जोरदार तालियों से उनका स्वागत कीजिये!

एक बोला - इसके बाद नाच गाना फिर हो हींये की ना?

दूसरा बोला - नेताजी इतना जल्दी काहे आ गए हैं!

तीसरा बोला - दारू ओ मुर्गा शुर्गा कब से शुरू होई हैं?

(तभी नेताजी उर्फ़ परमेश्वरीलाल माइक थाम लेते हैं)

नेताजी - हस्तिनापुर के वासियों को मेरा प्यार भरा नमस्कार! मैं एक बार फिर आ गया हूँ आपके सामने अपने घर में!

हीरा लाल - हाँ, पूरे पांच साल बाद! स्वागत है!

(नेताजी तल्खी से उस युवक को देखते हैं)

नेताजी - सही है, बेटे! पूरे पांच साल बाद, क्योंकि पांच साल पहले आपने चुन कर भेजा था हमें हस्तिनापुर की सरकार के रूप में। मुख्यमंत्री के रूप में इतना बड़ा दायित्व सौंपा था आपने, कि काम से मरने तक की फुर्सत नहीं मिली।

एक बोला - अब फुर्सत ही फुर्सत है ....

नेताजी - हम भले ही नहीं आ सके आपके पास, लेकिन आप लोग हर समय थे हमारे साथ!

(गाँव वाले एक दूसरे का मुंह देखते हैं)

एक बोला - उ कई से?

नेताजी - भाई, हमारे दिल में! हमारे दिल में तो आप लोग हमेशा ही समाये हुए थे न!

दूसरा बोला - दिल है के गोदाम!

(सब हँसते हैं)

नेताजी - इन पांच सालों में हमने पूरी कोशिश की, कि हस्तिनापुर का हर नागरिक गरीबी की रेखा से ऊपर उठ सके।

एक बोला - इ कौन सी रेखा होवत है?

नेताजी - मुझे पूरा बिश्वास है कि हस्तिनापुर प्रदेश की प्रगति की लहर अपने गाँव तक भी पहुंची होगी! मुझे पूरा विश्वास है कि हमारे गाँव लखीमपुर में भी गरीबी कम हुई होगी!

(हीरालाल खड़ा हो जाता है।)

हीरा लाल - गरीबी तो नहीं, हाँ गरीब जरूर कम हो गए। लछ्छू, झुमरू और दगडू तो पहले ही साल में आत्महत्या कर चुके थे, बाद के चार सालों में ९ और किसानों ने आत्महत्या की! धनकू किसान ने तो पिछले महीने में ही आत्महत्या की है।

नेताजी - (*चश्मा उतार कर आँखें पोंछते हुए*) - हाँ मुझे खबर है सबकी! गहरा दुःख भी है! लेकिन इसमें सरकार क्या करती? सरकार बैंकों से ऋण न दिलाये तो किसान को मुसीबत, दिला दे तो मुसीबत! बैंक तो अपना पैसा वापस मांगेगा ही न?

हीरा लाल - फिर अंतर क्या रहा, आपके सरकारी ऋण में और महाजनी उधार में!

नेताजी - तुम पढ़े लिखे युवक हो, समझदार भी हो; मुझसे आकर मिलना, हम गाँव की समस्याओं पर पूरी बात करेंगे, रास्ता भी निकालेंगे! गाँव की उन्नति के लिए मेरे पास कई योजनायें हैं। फिलहाल मैं एक बहुत ही महत्वपूर्ण घोषणा करना चाहता हूँ आप सब के सामने। ऐसी घोषणा जिससे लखीमपुर के दिन बदल जायेंगे,

यहाँ भुखमरी का नामो निशान नहीं रहेगा। यहाँ का कोई किसान आत्महत्या नहीं करेगा। यहाँ का कोई युवक बेरोजगार नहीं रहेगा।

(गाँव के लोग आश्चर्यचकित होकर मुंह खोले देख रहें हैं नेताजी की तरफ)

हीरालाल - ऐसा कौन सा अलादीन का चिराग दे रहें हैं आप, लखीमपुर को, नेताजी?

नेताजी - भाई इसे जादुई चिराग ही समझो। भाई बात ये है कि मैने इस ही हफ्ते एक विदेशी कंपनी के साथ एक अग्रीमेंट साइन किया है; जिसके अनुसार वो कंपनी यहाँ एक बहुत बड़ा कारखाना खोलेगी। ४०० एकड़ भूमि पर तीन हजार करोड़ रुपयों की लागत से बनेगा ये कारखाना। इतना बड़ा कारखाना यहाँ लगेगा तो सबसे अधिक अवसर मिलेंगे यहाँ के लोगों को। पहले कारखाना बनाने में और फिर कारखाना चलाने में। फिर देखो यहाँ की दरिद्रता कैसे भागती है!

(भीड़ में से नेताजी के चमचे नारा लगाते हैं - नेताजी की जय हो! उनके देखादेखी गाँव के लोग भी नारा लगाते हैं - नेताजी की जय हो!)

नेताजी - मेरी जयकार सुनने नहीं आया हूँ, साथियों; बल्कि आपकी मदद से अगले चुनाव में विजयी होना चाहता हूँ! मिलेगा न आपका सहयोग?

चमचे - जरूर मिलेगा!

भीड़ - जरूर मिलेगा!

नेताजी - धन्यवाद! मुझे अपने गाँव पर पूरा भरोसा है!

(नेताजी मंच से उतरते हैं! माइक पर गाना फिर शुरू हो जाता है - बीडी जलाई ले ....)

टीवी रिपोर्टर मीनाक्षी जोशी कैमरे के सामने बोलती है!

मीनाक्षी जोशी - ये थी लखीमपुर से प्रजातान्त्रिक पार्टी के वरिष्ठ नेता परमेश्वरी लाल जी की चुनाव सभा का आँखों देखा हाल। पहली बार ऐसा लग रहा है की इस बार चुनावी हवा का रुख जरा अलग है! लखीमपुर से हस्तिनापुर टाइम्स की और से मैं मीनाक्षी जोशी!

दृश्य 3

नेताजी का दफ्तर! सामने दिवार से लगा एक दीवान, जिस पर गद्दा लगा है और उस पर एक सफ़ेद चादर बिछी है। दिवार पर महात्मा गाँधी का चित्र! दोनों तरफ 2-2 कुर्सियां लगी है। दीवान के सामने एक टेबल! मंच को सामने से देखें तो बायीं तरफ एक दरवाजा जो बाहर की तरफ खुलता है, दाहिनी तरफ एक दरवाजा जो घर के अन्दर जाता है!

(नेताजी दीवान पर बैठे हैं पीछे गाव तकिये लगा कर! माथे पर एक लम्बा सा तिलक लगा हुआ! पास में बैठा है नेताजी का खास आदमी (चमचा) भोला राम!)

नेताजी की पत्नी चकोरी देवी का प्रवेश। हाथ में पूजा की थाली, जिसमे एक दीपक जलता हुआ। साथ में प्रसाद के रूप में पेडे रखे हुए! चकोरी देवी पहले भोलाराम के पास जाती है। भोलाराम दीपक के ऊपर हाथ जोड़ कर अपनी आँखों पर लगाता है। उसके बाद वही प्रक्रिया नेताजी करते हैं। चकोरी देवी दोनों को एक एक पेडा देती है, जिसे दोनों बड़ी श्रद्धा से खा लेते हैं।

नेताजी - भोलाराम, जीवन के सारे सवालों का जवाब मिल जाता है गीता से!

चकोरी देवी (*आशंकित होकर*) - गीता? ये गीता कौन है?

नेताजी - भाई सच ही कहते हैं, स्त्रियों की बुद्धि पर डाह का पर्दा हमेशा पड़ा रहता है। गीता - यानि श्रीमद्भागवत गीता!

चकोरी देवी - तो ऐसा क्यों नहीं कहते, झूठे ही डरा देते हैं।

नेताजी - देवी, आप चलिए अन्दर, अपना चौका चूल्हा संभालिये और हमें अपना काम पूरा करने दीजिये।

चकोरी देवी इठलाती हुई अन्दर चली जाती है।

नेताजी (*मुखातिब होते हैं भोला से*) - हाँ तो भोला, हम क्या कह रहे थे?

भोलाराम - सरकार, गीता!

नेताजी - छोड़ो उसको! भाई हमें तो गाँव के रंग ढंग जरा ठीक नहीं लगे!

भोलाराम - नहीं सर इतने बुरे भी नहीं हैं! गाँव के लोग तो पशुओं के झुण्ड की तरह है, गड़ेरिया जिस तरफ ले मुड़ेगा, उस तरफ मुड जायेंगे!

नेताजी - वही तो! इस बार लगता है इस झुण्ड को कोई और हांक रहा है!

भोलाराम - क्या कहते हैं सरकार! आपके सिवा इस गाँव में है ही कौन; समझदार इन्सान?

नेताजी - ऐसा तुम समझते हो न! लेकिन परिस्थिति इस बार बदली हुई नजर आ रही है! मुझे तो यहाँ तक खबर है कि इस बार गाँव में हमारी स्थिति को समझ कर डीडी पार्टी ने पलटू किसान की जगह कोई मजबूत आदमी खड़ा करने का फैसला किया है। अच्छा तुमने पता किया वो छोकरा कौन था, बहुत बहादुरी से बात कर रहा था?

भोलाराम - हाँ सरकार, वो तो अपने गाँव की छोटी जात वाले हर्जीलाल का बेटा हीरालाल है।

नेताजी - हर्जीलाल का बेटा? हरजी वही न जो हमारे यहाँ पशुओं की सेवा करता था? उसका बेटा और इतना ताव!

भोलाराम - सरकार ये पढाई लिखाई ही बिगाड़ रही है पूरे गाँव के वातावरण को। मेरी माने तो स्कूल ही बंद करवा दीजिये गाँव में।

नेताजी (*बिगड़ते हुए*) - जब किसी बात की समझ न हो तो नहीं बोलना चाहिए। ऐसी बात अगर तुमने किसी सभा में कह दी तो जानते हो क्या होगा? पूरे राज्य में शिक्षा अनिवार्य करना तो हमने अपने चुनावी घोषणा पत्र में शामिल किया है।

भोलाराम - क्षमा करें सरकार, हम तो सोचे ....

नेताजी (*बात काटते हुए*) - हाँ मैंने तुमसे कहा था न गाँव में, कि उस युवक को जरा बुलवा लेना; बुलवाया क्या?

भोलाराम - हाँ साहब, आज ही आने वाला है; शायद अभी ही क्योंकि आज उसके कंपनी में छुट्टी का दिन है!

नेताजी - कहाँ काम करता है?

भोलाराम - सरकार गाँव में जो गन्ना पेरने की मिल है न, वहीं मजदूर है। मजदूर संघ का लीडर है।

नेताजी - अच्छा तो ये बात है; मतलब कि राजनीति की पहली सीढ़ी पर है। कुछ तो करना पड़ेगा।

भोलाराम (*फुफुसाते हुए*) - सरकार, मेरी माने तो शेरू पहलवान को ठेका दे दीजिये!

नेताजी (*आश्चर्यचकित होकर*) - ठेका? ये कौन से ठेके की बात ले आये बीच में?

भोलाराम (*उसी तरह फुसफुसाते हुए*) - अरे साहब, शहरों में इसे सुपारी कहते हैं।

नेताजी (*डांटते हुए*) - फिर तुमने मूर्खतापूर्ण बात की! इस तरह की घटिया बात आइन्दा मेरे साथ मत करना।

(*नेताजी की पत्नी चकोरी देवी का प्रवेश, घर के अन्दर से*)

नेताजी (*नरमी से*) - भोला, युवक तो देश का भविष्य ही हैं न? और वो भी हीरालाल जैसा पढ़ा लिखा युवक! ऐसे बच्चों को तो अवसर मिलना चाहिए - जीवन में आगे बढ़ने का!

चकोरी देवी - कौन हीरालाल? बिटिया के लिए कोई लड़का देखा है क्या?

नेताजी - अरे नहीं भागवान, कल गाँव की यात्रा में मिला था, बड़ा ही होशियार बच्चा है। पिछड़ी जात का है।

चकोरी देवी - लेकिन आप तो जात पात को कहाँ मानते हैं?

नेताजी - नहीं मानते, इसी लिए तो उनसे मिलते हैं, पास बिठाते हैं, यहाँ तक उनके यहाँ का पानी भी पी लेते हैं; लेकिन इसका ये मतलब तो नहीं हुआ न कि अपनी बेटी ही ब्याह देवें ऐसी जात में।

भोलाराम घर के अन्दर जाता है!

नेताजी के पुत्र विक्रमादित्य का प्रवेश!

विक्रम - मोर्निंग डैड! आई हैव अ ग्रेट न्यूज़! मैं कल ओलिवर और हेलेना को लेकर लखीमपुर गया था। मैंने उन्हें कन्विंस कर लिया, गाँव के पश्चिम वाली चार सौ एकड़ जमीन के लिए। पास में नदी पड़ती है, ये उनके लिए बहुत बड़ी अडवानटेज है। डिस्टिलरी के कारखाने में बहुत पानी लगता है।

नेताजी - लेकिन वो तो सारी बहुत उपजाऊ जमीन है; वहां के किसान अपनी जमीन देने को क्यों तैयार होंगे?

विक्रम - डैड! तैयार हम करेंगे। पैसा!!! गरीब किसानों के सामने पैसे की गड्डी चमकाएंगे तो कोई ना नहीं कर पायेगा। और अपना एक बहुत बड़ा फायदा है। नदी के किनारे वाली जमीन लेने से जो पीछे की तरफ अपनी पथरीली अढाई सौ एकड़ जमीन है, वो समझो सोने के भाव बिक जायेगी। ओलिवर को कम से कम ४०० एकड़ जमीन चाहिए। अपनी २५० एकड़ और बाकी नदी के पास वाली १५० एकड़ मिलकर एक ही भाव में बिकेगी। मैंने ओलिवर को पांच लाख रुपैये एकड़ का भाव बताया है, जिसके लिए वो तैयार है।

नेताजी - गाँव के किसानों को बिलकुल बेवकूफ मत समझो। किसान के लिए उसकी जमीन उसकी इज्जत होती है, उसकी पीढ़ियों की रोटी का इंतजाम होती है। हमें सोचना पड़ेगा।

विक्रम (*थोडा रुआंसा होकर*) - डैड अगर आप इस तरह की फिलोसफी सुनायेंगे तो फिर लग ली फैक्ट्री। रास्ता आपको निकालना पड़ेगा, पैसा ओलिवर निकालेगा।

नेताजी - सोचते हैं! कुछ करेंगे! अच्छा इस फैक्टरी में अपना कुछ हिस्सा पाती मत रखना? हम पब्लिक लाइफ में हैं, व्यापार चलाने में सौ किस्म के झंझट होते हैं। कितने ही उलटे सीधे काम करने पड़ते हैं।

विक्रम - डैड! इस पर भी मैंने बहुत होम वर्क किया है। हम ओलिवर की कंपनी में कोई सीधा हिस्सा नहीं रखेंगे, रीजन ये है, कि जिस पोस्ट पर आप बैठे हैं उस पर रहकर कोई बिजनेस डील इस फोरेन कंपनी के साथ करने में बहुत रिस्क है।

नेताजी (*मुस्कुराते हुए*) - समझदार हो। खुद समझ लेते हो!

विक्रम (*मुस्कुराते हुए*) - ओह डैड, मैंने ऐसा कहाँ कहा कि मेरी इसमें कोई पार्टनरशिप नहीं रहेगी; मैंने तो इतना कहा था हम कोई सीधा सीधा हिस्सा नहीं रखेंगे। डैड मैंने ओलिवर से बात कर ली है कि हम ओलिवर की यूरोप वाली मदर कंपनी में ५०% स्टेक्स लेंगे। २५ % स्टेक्स फ्री में क्योंकि हम उनको इतना बड़ा सहयोग दे रहें हैं, और बाकी २५ % वो स्विस बैंक वाले पैसे के अगेंस्ट में। वो पैसा वहां से मूव करना बहुत जरूरी हो गया है। इंटरेस्ट मिलकर अब तक ५०० मिलियन यूरो हो चुका है। इस तरह हम न सिर्फ ओलिवर की इंडियन कम्पनी में बल्कि उसकी आल ओवर द वर्ल्ड सभी फैक्ट्रियों में पार्टनर बन जायेंगे।

नेताजी (*घबरा कर*) - अरे बेटा ये सब बातें इस तरह जोर जोर से बोल कर नहीं करते। मुख्यमंत्री की तो दीवारों में ही नहीं बल्कि ईंट

ईंट में कान होते हैं। भाई मान गए विक्रम बेटा। ये फायदा होता है - हारवर्ड यूनिवर्सिटी में पढने का; पढाई की पढाई, और दुनिया के अमीरजादों से पक्की दोस्ती।

विक्रम - फायदा सिर्फ हमें ही नहीं हो रहा, ओलिवर को कहाँ मिलता आपके जैसा चीफ मिनिस्टर अगर आप मुझे हार्वर्ड में नहीं भेजते!

दोनों बाप बेटा जोर जोर से हँसते हैं और गले मिलते हैं।

नेताजी - अच्छा विक्रम, तुम इस वक़्त जाओ यहाँ से; क्योंकि मैंने लखीमपुर के एक युवक को बुला रखा है यहाँ!

विक्रम - वाह डैड, प्रोजेक्ट पर काम शुरू?

नेताजी - मूर्खता वाली बातें मत करो। सामने इलेक्सन है, उसकी ही तैयारी चल रही है।

विक्रम (*जाते हुए*) - ओके डैड, वैसे भी मुझे ओलिवर और उसकी गर्ल फ्रेंड हेलेना को लंच पर ले जाना है।

विक्रम का प्रस्थान!

दरवाजे पर दस्तक होती है। अन्दर से भोलाराम भाग कर आता है।

भोलाराम (*दरवाजे की तरफ बढ़ते हुए*) - लगता है लखीमपुर वाला लड़का आया होगा!

(भोलाराम का हीरालाल के साथ प्रवेश)

नेताजी भोलाराम को जाने का इशारा करते हैं। भोलाराम चला जाता है।

नेताजी - अरे भाई तुम तो वही हो न, जो कल मिले थे लखीमपुर में? क्या नाम है बेटा?

हीरालाल - नमस्ते! मेरा नाम हीरालाल है!

नेताजी - अरे तो खड़े क्यों हो, यहाँ मेरे पास बैठो न, बेटा?

हीरालाल - यहीं ठीक हूँ बाबूजी, निचली जात वाले हैं; हमारा खड़ा रहना ही ठीक है।

(नेताजी उठ कर खड़े हो जाते हैं और आगे बढ़ कर हीरालाल का हाथ पकड़ते हैं।)

नेताजी - ये क्या बात हुई, अरे बेटा अगली पिछली निचली ऊँचली सब गाँवों का पिछड़ापन है; शहरों में ये सब कोई नहीं मानता। आओ हमारे पास बैठो।

नेताजी (*पत्नी से*) - अरे भाई, मेहमान आये हैं, कोई शरबत वरबत पिलवाओ।

पत्नी - (*धीमें से*) - कौन से गिलास में?

नेताजी (*नाराज होकर*) - सब हमीं बताएं क्या? मेहमानों वाले गिलास में!

पत्नी पैर पटक कर अन्दर चली जाती है।

नेताजी - क्यों बेटा पढाई लिखाई गाँव में ही की थी या?

हीरालाल - साहब, गाँव की पाठशाला में तो मास्टर ही कहाँ हैं; मैंने तो १२ मील दूर वाले गाँव मानिकपुर के सरकारी स्कूल में पढाई पूरी की; बारहवीं तक था, सो पढ़ लिया।

नेताजी - तो क्या रोज बस से इतना दूर जाते थे?

हीरालाल - बस की व्यवस्था है कहाँ अपने गाँव में; मिडल तक तो पैदल ही जाता था, उसके बाद बाबा ने जुगाड़ पानी करके एक पुरानी साइकिल दिलवा दी।

(चकोरी देवी का प्रवेश शरबत के गिलास के साथ। लाकर नेताजी को सौंप देती है)

नेताजी गिलास बढ़ाते हैं हीरालाल की तरफ! पत्नी जी का प्रस्थान!

नेताजी - बहुत संघर्ष किया है तुमने? आगे क्या इरादा है?

हीरालाल *(शरबत का गिलास खाली करते हुए)* - बाबूजी, हम लोगों के पास कोई दूसरा इरादा होता है क्या, अपने परिवार का पेट भरने के सिवा?

नेताजी - ज्यादातर तो ये बात सही है गाँव के जीवन में, लेकिन तुम अलग हो।

हीरालाल *(तैश में)* - हम क्या अलग हैं? हमारे भी वैसा ही एक पेट है, जिसमे भूख लगती है, जिसके लिए दौड़ते रहते हैं। घर में बाबा बीमार है, कुछ कर नहीं सकते, माँ की आँख में मोतिया पक गया है। सारे घर का बोझ तो हम दो भाई बहनों के सर पर है।

नेताजी - शादी वादी नहीं की?

हीरालाल - बहन बैठी है, जब उसकी शादी नहीं कर पा रहा, तो फिर अपनी शादी की बात सोचना भी गलत है; और फिर कर भी लें तो क्या? एक पेट और बढ़ जाएगा घर में भरने के लिए!

नेताजी - हीरालाल, एक बात बताओ? (*थोडा सोच कर*),,,,,,,,,,,,,,,,,, हम्म्म, क्या तुम्हे डीडी वालों का कोई सपोर्ट है?

हीरालाल - (*सोचते हुए*) - डीडी? वो क्या है?

नेताजी - (*मुस्कुरा कर*) - इसका मतलब नहीं है! डी डी यानि देशभक्त दल! राजनीति में उनका यही नाम आसानी से बोला जाता है!

हीरालाल - हमारा क्या लेना देना है, राजनीति से?

नेताजी - क्यों तुम राजनीति नहीं करते तुम्हारे कारखाने में?

हीरालाल - अगर मजदूर अपनी रोटी की मांग करे तो क्या उसे राजनीति कहेंगे? अगर हाँ तो इतनी राजनीति तो करते हैं हम भी।

नेताजी - लोगों को उनका हक़ दिलवाने का ही तो नाम है राजनीति!

हीरालाल *(तैश में)* - तो फिर आप क्यों नहीं करते ऐसी राजनीति?

नेताजी (*हँसते हुए*) - तुम्हारे इन्ही तेवरों के कारण ही तो मुझे तुम्हारे अन्दर एक ज्वाला नजर आई है! एक बात बताओ - क्या तुम मेरे व्यक्तिगत रूप में विरोधी हो? मेरे यानि मेरे राजनैतिक दल के?

हीरालाल - मैं किसी का विरोधी नहीं, लेकिन किसी भी अन्याय का समर्थक भी नहीं!

नेताजी (*गंभीर होकर*) - तो फिर तुम्ही क्यों नहीं बीड़ा उठाते न्याय करने का?

हीरालाल - मतलब?

नेताजी - मतलब ये कि अगला चुनाव तुम्ही लड़ोगे लखीमपुर की सीट के लिए!

हीरालाल - मैं और चुनाव लड़ूं? वो भी आपके खिलाफ?

नेताजी - हाँ तुम चुनाव लड़ोगे; लेकिन मेरे खिलाफ नहीं, बल्कि मेरी पार्टी के टिकट पर!

हीरालाल - आप क्या कह रहें हैं? लखीमपुर सीट तो हमेशा से बड़ी हवेली की सुरक्षित सीट रही है .... आप शायद तीसरी पीढ़ी हैं वहां से चुन कर आने वालों की ....

नेताजी - बिलकुल सही जानकारी है तुम्हारी, लेकिन मेरे समर्थन वाला उम्मीदवार भी तो मेरा ही प्रतिनिधि हुआ न? जो प्यार जनता से मेरे परिवार को मिलता रहा है वो अब मिलेगा तुम्हे!

हीरालाल - साहब मुझे विश्वास नहीं हो रहा .... और अगर आपने मुझे टिकट दे भी दिया तो मेरे पास साधन कहाँ हैं? चुनाव लड़ने के लिए तो पैसे चाहिए, हमारे यहाँ तो पेट भरने के ही लाले पड़े रहते हैं! नहीं साहब हमारे बस की बात नहीं!

नेताजी - पैसे किसने मांगे तुमसे? तुम्हारे चुनाव का पूरा खर्च मैं उठाऊँगा, व्यक्तिगत रूप से! तुम्हारे प्रचार के लिए भी आऊँगा। गाँव की प्रतिष्ठा दांव पर लगी होगी! गाँव की प्रतिष्ठा यानि हमारे खानदान की प्रतिष्ठा!

हीरालाल - लेकिन आपके बिना तो आपका दल अधूरा है, अगर आप चुनाव नहीं लड़ेंगे तो पार्टी का नेता कौन होगा, मुख्यमंत्री कौन बनेगा?

नेताजी (*मुस्कुराते हुए*) - अरे भाई, मैंने ये कब कहा की मैं चुनाव नहीं लड़ूंगा। चुनाव मैं भी लड़ूंगा, लेकिन दुश्मन के खेमे में सेंध लगा कर।

हीरालाल - बाबूजी, मैं ये गूढ़ राजनीति की बातों को इशारे में नहीं समझ सकता, कुछ समझा कर बताइए न?

नेताजी - अरे भाई हमारा राजनैतिक दुश्मन कौन? डी डी का अध्यक्ष और विपक्ष का नेता दिगंबर दयाल! यानि डीडी का डीडी! हम इस बार परचा भरेंगे डीडी के खिलाफ उसी की कॉन्स्टिचुएंसी - धमालपुर से! और हराएंगे उसे!

हीरालाल - बाबूजी उसमे तो बहुत रिस्क है, दिगंबर दयाल अपने क्षेत्र का बहुत मजबूत नेता है!

नेताजी - नेता तब तक ही मजबूत होता है जब तक उसकी छवि साफ़ है। दिगंबर के खिलाफ एक ऐसा तुरुप का इक्का है, जिसे खेलते ही उसका किला ढह जाएगा।

हीरालाल - ऐसा क्या है बाबूजी?

नेताजी (*धीमी आवाज करते हुए*) - अपनी राजनैतिक चाल सिर्फ तुम्हे बता रहा हूँ, क्योंकि अब से तुम बनोगे मेरे राजनैतिक जीवन के साथी और राजदार! दिगंबर के खिलाफ एक स्कूल की अध्यापिका ने एक शिकायत भेजी है मुझे; बहुत गंभीर मसला है। उसका कहना है कि उसके गाँव की यात्रा में दिगंबर डाक बंगले में ठहरे थे, स्कूल के कार्यक्रम के बाद रात का भोजन पहुँचाने की जिम्मेवारी लगी थी उस अध्यापिका की। और उसे बातों में बहला फुसला कर दिगंबर ने कर लिया उसका बलात्कार! डर के मारे उसने किसी को इस घटना के बारे में नहीं बताया, न पुलिस थाने में गयी। जब मैं कुछ दिनों पहले उस गाँव के दौरे पर गया, तो मैंने उस बच्ची के सर पर प्यार से हाथ रखा तो वो रो पड़ी। फिर

उसने अकेले में मुझे सारी बात बताई। मैंने उसे वादा किया है कि उसे न्याय जरूर दिलवाऊंगा।

हीरालाल (*बिलकुल सदमे की अवस्था में*) - बाबूजी ये तो बहुत बड़ी घटना है, आप कहें तो साले का वहीं जाकर हिसाब किताब बराबर कर देते हैं।

नेताजी - नहीं बेटा, राजनीति में उत्तेजना ठीक नहीं। हर बात का एक समय होता है। और अब तो समय भी पास है। अगले बुधवार को दिगंबर की चुनाव सभा है तुम्हारे यानी अपने गाँव में, तुम्हे बस करना ये है कि सभा में उससे एक प्रश्न पूछना है कि - मेहंदीपुर हाई स्कूल की अध्यापिका के साथ बलात्कार किसने किया? फिर उसके चेहरे की हवाइयां देखना और बाद में मुझे बताना।

हीरालाल - ये तो बहुत आसान है, मेरा दोस्त है मोती, वो हस्तिनापुर अध्यापक संघ का नेता है। बहुत अच्छा युवक है, दरअसल मैं सुमन की, ... मेरी बहन, उसकी शादी उसी से करने की सोच रहा हूँ। ये प्रश्न पूछने के लिए मैं उसे खड़ा कर दूंगा। गाँव से उलटे पैर भागेगा, हरामजादा!

नेताजी - हीरा बेटा, राजनीति में अभद्र भाषा नहीं चलती है। तुम्हारा विरोधी तुम्हारा राजनैतिक प्रतिद्वंद्वी है, लेकिन तुम्हारा व्यक्तिगत शत्रु नहीं!

हीरालाल - लेकिन मैं क्या करूँ अन्याय मुझसे सहन नहीं होता, और मैं अपना आपा खो बैठता हूँ।

नेताजी - धीरे धीरे सीख जाओगे। राजनीति अनुभव से ही आती है। मैं हूँ न? मेरे साथ रह कर तुम्हारे स्वभाव में ठहराव आएगा। लेकिन तुमने अपना निर्णय तो अभी तक बताया ही नहीं? क्या तुम लड़ोगे चुनाव हमारी पार्टी कि टिकट पर?

हीरालाल - अगर आपने सर पर हाथ रखा है तो जरूर लड़ूंगा।

नेताजी - तो फिर तुम्हे गाँव वालों को हमारे खिलाफ भड़काना बंद करना पड़ेगा।

हीरालाल - थोडा समय लगेगा, क्योंकि हमने दस दिन पहले ही आपके खिलाफ मोर्चा लेने का निर्णय लिया था। मैं, मेरा दोस्त मोती और मेरी बहन सुमन ने। मैं एक साथ जाकर यह नहीं कह सकता कि मैं आप की पार्टी में शामिल हो रहा हूँ या चुनाव लड़ रहा हूँ।

नेताजी - बिलकुल सही! अभी कुछ भी बताना सही नहीं होगा। जब सही समय आएगा तो मैं घोषणा करूंगा पूरे गाँव के सामने, तब तक तुम्हे गाँव का माहौल ठीक करना होगा। और हाँ गाँव वालों को तुम हमारे प्रस्तावित कारखाने से होने वाले फायदों की भी चर्चा करोगे। ये तुम्हारे लिए एक बहुत बड़ा मुद्दा होगा चुनाव जीतने का। हम तुम्हे सारे पॉइंट बता देंगे की गाँव को किस किस रकम का फायदा होने वाला है; लेकिन एक बात के लिए तुम्हे कुछ लोगों को तैयार भी करना होगा। देखो बेटा, कुछ पाने के लिए कुछ त्याग भी करना पड़ता है। अब गाँव में इतने बड़ा कारखाना लगेगा तो उसके लिए बहुत बड़ी जमीन की जरूरत होगी। लेकिन त्याग पहले मेरे घर से ही शुरू होना चाहिए। इसलिए मेरी कोशिश तो ये थी की मैं अपनी पूरी २५० एकड़ जमीन इस प्रोजेक्ट के लिए दे दूंगा जिससे गाँव वालों को किसी परेशानी का सामना न हो; लेकिन उस विदेशी कम्पनी को ४०० एकड़ जमीन चाहिए, और वो जमीन नदी के पास चाहिए क्योंकि कारखाने में बहुत पानी लगेगा।

हीरालाल - लेकिन बाबूजी, नदी के पास वाली जमीन में तो लोग खेती करते हैं।

नेताजी - जानता हूँ, इसीलिए तो कह रहा हूँ कि गाँव वालों को कुछ त्याग करना पड़ेगा। जिन लोगों की जमीन जायेगी - उन्हें उस जमीन का पूरा मुवावजा भी दिया जायेगा। तुम्हारे हिसाब से क्या भाव चल रहा है वहां की जमीन का?

हीरालाल - बाबूजी, कम से कम दो लाख का भाव तो जरूर होगा।

नेताजी - हम्म! भाव तो ज्यादा है लेकिन फिर भी पौने दो लाख से बात शुरू करना, बाद में जरूरत पड़ेगी तो कुछ करेंगे। इतना ही नहीं, उन के परिवार के लोगों को नौकरी भी दी जायेगी इस कारखाने में। जितना वो साल भर की खेती से कमाते हैं, उससे अधिक उन्हें साल भर में तनख्वाह से मिल जाएगा। ये सब बाते अगर मैं कहूँगा तो विरोधी पक्ष वाले इसे मुद्दा बनायेंगे; लेकिन तुम तो गाँव वालों के चहेते हो, इसलिए तुम्हारी बात उनको समझ में आएगी।

हीरालाल (*थोड़ी चिंता में*) - काम तो मुश्किल है बाबूजी। लेकिन गाँव की प्रगति का सवाल है। इसलिए पूरा प्रयास करूंगा।

नेताजी - मुझे तुमसे यही उम्मीद थी बेटा। अब तुम राजनीति में हो इसलिए याद रखना कि हमारे विरोधी डी डी की सभा जमनी नहीं चाहिए।

हीरालाल - इतनी बड़ी घटना के बाद? .... कोई सम्भावना नहीं है,

नेताजी - तो फिर ठीक है, बेटा लग जाओ गाँव के सुधार में। मेरी तरफ से तुम्हे पूरा सहयोग मिलेगा।

हीरालाल आगे बढ़ कर नेताजी के पांव छूता है।

नेताजी - मेरा आशीर्वाद तुम्हारे साथ है। हम दोनों मिल कर लखीमपुर की काया पलट देंगे!

हीरालाल - मुझे विश्वास है, बाबूजी! मेरी उस दिन की धृष्टता के लिए मुझे क्षमा कीजियेगा। मैंने आपको गलत समझा था।

नेताजी - कोई बात नहीं बेटा, तुम्हारे परिवार का बड़ी हवेली से बहुत पुराना सम्बन्ध है।

हीरालाल का प्रस्थान!

अन्दर से चकोरी देवी का प्रवेश!

चकोरी देवी - ये क्या उल्टा पुल्टा प्रस्ताव दे रहे हो उस छोकरे को? अगर लखीमपुर छोड़ दिया न, समझिये की गयी मिनिस्टरी हाथ से!

नेताजी - हमें हमारा काम करने दीजिये। हम अपने विवेक से ही काम लेते हैं हर समय। हमें इस लड़के में आग दिखाई देती है।

चकोरी देवी *(चिढ कर)* - हाँ और ये आग ही भस्म कर देगी आपके राज पाट को!

नेताजी (*हँसते हुए*) - देवी, आप मुझसे ज्यादा अच्छा भोजन जरूर बना सकती हैं, लेकिन मुझसे अच्छी राजनीति नहीं कर सकती। हम जो भी निर्णय लेंगे उसमे सिर्फ हस्तिनापुर की ही नहीं, बल्कि हमारी अपनी प्रगति भी शामिल होगी। यही तो राजनीति है।

अँधेरा होता है।

दृश्य 4

गाँव में सजा हुआ मंच देशबंधु दल के चुनाव प्रचार का! मंच पर एक टेबल २ कुर्सी और एक माइक। पीछे एक बैनर चुनाव का। सामने जमीन पर बैठे हैं गाँव वाले। सबसे पीछे बैठें हैं हीरा, मोती और सुमन।

माइक पर बोलने के लिए खड़े होते हैं - देशभक्त दल के दिगंबर दयाल!

दिगंबर - लखीमपुर के सभी भाइयों और बहनों को दिगंबर दयाल का प्रणाम!

कई गाँव वाले - परनाम!

दिगंबर - साथियों, यहाँ तक आने में थोड़ी देर हुई इसके लिए माफ़ी चाहता हूँ, लेकिन ये देर मेरी वजह से नहीं हुई। ये देर हुई है यहाँ की टूटी फूटी सड़कों के कारण। सड़क कहना ही गलत होगा; क्योंकि नेताजी की सरकार ने यहाँ कभी सड़क बनवाई ही नहीं। और नेताजी को क्या मालूम इन सड़कों के बारे में। पांच साल में एक बार चेहरा दिखाते हैं और वो भी हेलिकोप्टर से आकर।

सुना है कल नेताजी आपको एक नया झुनझुना थमा कर गए हैं, कि यहाँ कोई बहुत बड़ा कारखाना लगा रहें हैं। क्यों भाई पांच साल पूरा होने पर याद आता है ये सब? और फिर क्या उन्होंने बताया कि कारखाना किस चीज का होगा! कैसे बताते क्योंकि कारखाना होगा - विदेशी शराब का। इस कारखाने के लिए वो आपसे आपके खेत छीन लेंगे और ये कारखाना निगल जाएगा आपके खेतों को,

आपकी नदी के पानी को और आपके बच्चों को। आपके बच्चे अपनी खेती बाड़ी छोड़ कर इस कारखाने में मजदूरी करेंगे। अभी बड़े बड़े सब्ज बाग़ दिखायेंगे नेताजी आपको, लेकिन एक बार चुनाव जीत गए तो फिर पूछेंगे भी नहीं आपको। और इस कारखाने के लाइसेंस को देने में कितना पैसा खाया होगा नेताजी ने, ये तो भविष्य ही बताएगा। हमारी पार्टी इस कारखाने को कभी लगने नहीं देगी।

गाँव वालों में खुसर पुसर शुरू होती है!

रोना आता है, जब मैं इस बुरी तरह पिछड़े हुए गाँव की हालत देखता हूँ। देश के अन्दर जब अन्य राज्यों में प्रगति को देखता हूँ तो ऐसा लगता है की हस्तिनापुर किसी आदिम युग का प्रदेश है। और हस्तिनापुर से भी ज्यादा दुर्दशा है आपके इस गाँव लखीमपुर की। सबसे बड़ी शर्म की बात ये है की लखीमपुर ऐसी सीट है जहाँ से हस्तिनापुर का मुख्यमंत्री चुन कर आता है। और सिर्फ इस बार नहीं, बल्कि पिछले ३० सालों से। एक ही परिवार ने कब्ज़ा कर रखा है लखीमपुर की सीट पर - जिसे आप सब कहते हैं बड़ी हवेली! और बदले में क्या दिया आपको? साथियों समय आ गया है तख्ता पलटने का! मैं आप सबका आह्वान करता हूँ, कि आप जुड़ जाइए इस बार देशभक्त दल के साथ और फिर देखिये चमत्कार!

गाँव वालों में खुसर पुसर होती है!

पीछे से खड़ा होता है मोती!

मोती - दिगंबर दयाल जी, भाषण तो अच्छा दिया आपने, लेकिन सच्चाई भी तो बताइए गाँव को! क्यों यहाँ पर एक ही परिवार का राज्य है? क्योंकि ये आपकी उनके साथ मिली भगत है। आप लोगों ने खास खास सीटों पर अपना सौदा कर रखा है - वर्ना क्या आपको इस गाँव में पलटू किसान से अच्छा कोई उम्मीदवार कभी नहीं मिला? जान बूझ कर आप ऐसा व्यक्ति चुनाव में उतारते हैं, जिसकी जमानत जब्त होते होते रह जाती है।

दिगंबर - नौजवान, ये आरोप तुम्हारा निराधार है। असली कारण ये है कि तुम्हारे पूरे क्षेत्र में बड़ी हवेली के सामने खड़ा होने का साहस कोई करता ही नहीं है। मैं निमंत्रण देता हूँ तुम्हे - आओ, तुम लड़ो चुनाव हमारी पार्टी की तरफ से। पार्टी पूरा सहयोग देगी।

गाँव वालों में जोरदार खुसुर पुसुर शुरू हो जाती है।

मोती, हीरा और सुमन आपस में धीमे धीमे बात करते हैं। मोती फिर खड़ा हो जाता है।

मोती - दिगंबर दयाल जी, मैं शायद आपकी बात पर विचार कर भी लेता, अगर मुझे आपके चरित्र पर संदेह नहीं होता!

गाँव वालों में फिर खुसुर पुसुर शुरू!

दिगंबर दयाल के साथ बैठा उनका साथी खड़ा हो जाता है।

दिगंबर का साथी - क्या बकवास करते हो तुम? होश में तो हो?

दिगंबर माइक वापस हाथ में लेता है।

दिगंबर - नौजवान, क्या कह रहे हो जरा खुलासा करो।

मोती - खुलासा इस लिए नहीं कर रहा था; क्योंकि यहाँ मिडिया के लोग भी मौजूद हैं। लेकिन अगर आपको जनता के सामने अपनी सच्चाई सुननी है तो सुनिए - मेहंदीपुर हाई स्कूल की अध्यापिका के साथ बलात्कार किसने किया? जरा बताएँगे मुझे?

दिगंबर (सकते में) - बलात्कार? क्या पूछना चाह रहे हो?

मोती - क्या ये सच नहीं है कि आपने मेहंदीपुर की स्कूल की अध्यापिका के साथ बलात्कार किया?

गाँव वालों में जोरों से बातचीत -

हैं .... ये क्या .... इतना बड़ा पाप .... इसने किया .... मारो साले को ....

दिगंबर - खामोश! जो जी में आ रहा है, कह रहे हो। कहाँ से सुन कर आये हो ये ऊलजुलूल बातें! झूठी बातों से तुम यहाँ लोगों को भड़काने की कोशिश कर रहे हो। मैं चाहूँ तो तुम्हे इसी वक़्त पुलिस बुला कर हवालात में बंद करवा सकता हूँ।

गाँव वाले - दिगंबर दयाल वापस जाओ .... गाँव छोड़ो .... ये बहन बेटियों का गाँव है ....

मौके की नजाकत देखते हुए दिगंबर अपनी बात समाप्त करता है।

दिगंबर - नौजवान जिन लोगों के बहकावे में आकर तुमने ये बयान दिया है न, उन्हें मैं जानता हूँ। मुझसे आकर मिलना, तुम भी जान जाओगे। जय हस्तिनापुर!

दिगंबर और उनका साथी मंच से उतर कर जल्दी जल्दी जाते हैं।

गाँव वाले उत्तेजना में खड़े हो जाते हैं।

(मिडिया की उद्घोषक मीनाक्षी जोशी अपने कैमरामैन के साथ पहुँचती है युवक मोती के पास।)

मीनाक्षी - भाई साहब, आप से कुछ बात करनी है, जरा यहाँ आयेंगे कैमरे के सामने।

मोती - जी कहिये।

मीनाक्षी - आपने तो आज दिगंबर दयाल जी की मीटिंग को बहुत गरमा दिया। आपका नाम बताएँगे आप?

मोती - मोतीलाल

मीनाक्षी - मोतीलालजी, आप क्या करते हैं?

मोती - अध्यापक हूँ - हस्तिनापुर राजकीय विद्यालय में। हस्तिनापुर अध्यापक संघ का प्रधान भी हूँ।

मीनाक्षी - बहुत अच्छे मोतीलाल जी। जरा खुल कर बताएँगे मेहंदीपुर की अध्यापिका के रेप के बारे में।

मोती - जो बताया वो खुल के ही बताया था।

मीनाक्षी - क्या नाम है उस अध्यापिका का?

मोती - नाम .... (हीरा की और देखता है, लेकिन हीरा भी सर हिला देता है) .... (देखिये नाम किसी का लेना ठीक नहीं है।

मीनाक्षी - लेकिन देश को इस घटना की असलियत कैसे पता चलेगी?

मोती - आप तो पत्रकार हैं, थोडा कष्ट कीजिये और जाकर पता कर लीजिये मेहंदीपुर से।

मीनाक्षी - बहुत धन्यवाद मोतीलाल जी। आपने इस बार के चुनाव को बहुत दिलचस्प बना दिया है।

मीनाक्षी (कैमरे की और देखती हुई) - - तो ये था आँखों देखा हाल लखीमपुर में देशभक्त दल के नेता श्री दिगंबर दयाल की चुनाव सभा का। लखीमपुर का चुनाव बहुत ही दिलचस्प होता जा रहा है; आखिर किस तरफ झुकेगी यहाँ की जनता? हस्तिनापुर टाइम्स से मीनाक्षी जोशी!

दृश्य 5

नेताजी का दफ्तर। नेताजी अपनी चिर परिचित मुद्रा में गाव तकिया लगा कर बैठे हैं।

भोलाराम का जल्दी जल्दी प्रवेश!

भोलाराम - सरकार, सरकार, गजब हो गया!

नेताजी - क्यों क्या गजब हो गया भाई? सुनामी उनामी आ रही है क्या?

भोलाराम - सरकार उससे भी बड़ी बात! आपसे मिलने के लिए डीडी आये हैं!

नेताजी (थोडा सोचते हुए) - दिगंबर, मेरे यहाँ? .... देखो आदर सन्मान से लेकर आओ उनको, और अन्दर जाकर भौजी से कहो - दो कप चाय भिजवायें बिस्कुट के साथ।

भोलाराम हामी भरते हुए मुड़ता है .... नेताजी टोकते हैं

नेताजी - देखो जब तक हमारी बात चले, तुम अन्दर ही रहना, यहाँ मत बैठना।

भोलाराम (थोडा उदास होकर) - क्या सरकार!

भोला बाहर जाता है। थोड़ी देर में साथ लेकर आता है - दिगंबर दयाल को। दिगंबर नमस्कार की मुद्रा में प्रवेश करते हैं। भोला

अन्दर चला जाता है, नेताजी तपाक से उठ खड़े होते हैं और हाथ जोड़ लेते हैं।

दिगंबर - भाई साहब प्रणाम!

नेताजी - प्रणाम दिगंबर भाई! मेरे अहोभाग्य जो आप मेरे घर पधारे। मुझे बुलवा लिया होता।

दिगंबर - नहीं भाई साहब, काम मुझे था तो मेरा ही आना उचित था। और फिर आप प्रदेश के मुख्यमंत्री भी हैं।

नेताजी - क्या बात करते हैं दिगंबर जी! आपके और मेरे व्यक्तिगत संबंधों के बीच में ये मुख्यमंत्री कहाँ से आ गया।

दिगंबर - इतना विश्वास है आप पर, इसी लिए चला आया।

(भोलाराम का प्रवेश चाय की ट्रे के साथ। भोलाराम चाय का प्याला देता है पहले दिगंबर को और फिर नेताजी को। देकर वहीं बैठ जाता है।)

नेताजी - भोला बाबू, आप जरा पार्टी ऑफिस में जाइए और सूचित कर दीजिये की हम मीटिंग में एक घंटा देर से आ पायेंगे।

भोलाराम (*रुआंसा होकर*) - जी सरकार!

भोला जैसे ही जाने को मुड़ता है, नेताजी रोक लेते हैं।

नेताजी - भोला, ध्यान रहे, दिगंबर बाबू के आने की बात का कोई जिक्र मत करना।

भोला - नहीं करेंगे सरकार!

(भोला का प्रस्थान)

दिगंबर - धन्यवाद भाई साहब।

नेताजी - अब जरा इत्मीनान से बैठिये और बताइए की कैसे आगमन हुआ।

दिगंबर - भाई साहब, चुनाव के नाजुक मौके पर ये क्या शुरू करवा दिया आपने?

नेताजी - मैंने? भाई क्या शुरू करवा दिया?

दिगंबर (*थोड़ी नाराजगी से*) - वो मेहंदीपुर वाला किस्सा उछालने की क्या जरूरत थी? वो कहानी तो आपके साथ बैठ कर सलटा दी थी न मैंने! जैसा आपने कहा था मैंने उस टीचर को १० हजार रुपैये नगद दे दिए थे, फिर दोबारा वही?

नेताजी - अच्छा वो? आखिर हुआ क्या?

दिगंबर - अब अनजान मत बनिए। आपने ही तो सेट किया था न उस छोकरे को? क्या नाम बताया - हाँ .... मोती!

नेताजी - भाई दिगंबर बात ये हैं, कि राजनीति में तो हम एक दूसरे के विरोधी ही हैं न, वैसे कितने भी मित्र हों। अब अगर तुम हमारी जड़ें काटोगे तो हम क्या पीछे रहेंगे?

दिगंबर - लेकिन मुझे ऐसा सुनने में आया था कि इस बार आप मेरे क्षेत्र से परचा भर रहें हैं, इस लिए मुझे भी तो जोर लगाना पड़ेगा न!

नेताजी - तुम्हारे क्षेत्र से परचा भरने की बात तो तब आई न जब तुमने हमारे गाँव में हमारे खिलाफ दुष्प्रचार करवाना शुरू किया। पहली बार हमने देखा की हमारे चुनाव भाषण में लोग हमारे खिलाफ सर उठा रहे थे। ऐसे में राजधर्म क्या कहता है? बस हमने भी ठान ली कि हिसाब किताब बराबर कर देते हैं। दिगंबर भाई, मेरे क्षेत्र से तो मैं फिर भी जीत जाता, क्योंकि हमारी पीढ़ियों की बपौती है वो गाँव; ज्यादा से ज्यादा थोडा खर्चे बढ़ जाता इस बार, लेकिन तुम कभी नहीं जीत पाओगे अगर मैंने तुम्हारा पिटारा खोल दिया जनता के सामने। वो टीचर तैयार बैठी है तुम्हारे खिलाफ बोलने के लिए। और तुम क्या समझते हो की तुम्हारे दस हजार रुपयों से वो किस्सा दब गया? भाई दस हजार रुपयों की कीमत तो दस हजार रुपयों जितनी भी नहीं रही आज कल। उस किस्से को दबाया है मैंने उस टीचर की नौकरी उस सरकारी स्कूल में परमानेंट करवा कर। अगर उसे बिठा सकता हूँ तो उठा भी तो सकता हूँ न?

दिगंबर (*घिघियाते हुए*) - भाई साहब, माफ़ कर दीजिये, वर्ना मेरा तो सारा राजनैतिक करिअर ही ख़त्म हो जाएगा।

नेताजी (*हँसते हुए*) - अरे भाई, बात सुन कर ही डर गए? पार्टी वाले तो जोर दे रहें हैं कि मामला सीबीआई को दे देना चाहिए; मैंने ही लगाम खींच रखी है। अभी कुछ हुआ कहाँ है?

दिगंबर - भाई साहब, हुआ तो नहीं है, लेकिन मुझे पता चला है कि वो हस्तिनापुर टाइम्स वाली छोकरी, क्या नाम था उसका .... मीनाक्षी .... वो पहुँच गयी है मेहंदीपुर में, और बहुत शोर शराबा कर रही है। सुना है उस टीचर से भी मिल चुकी है। उसे कैसे रोकें, भाई साहब?

नेताजी - भाई सब कुछ रुक सकता है यहाँ, बस कीमत चुकानी पड़ती है। मैं संभाल लूँगा। और कोई कष्ट?

दिगंबर - आपने लखीमपुर सीट से उस मोती के दोस्त हीरा को टिकट देने का फैसला किया है, तो फिर आप कहाँ से लड़ेंगे?

नेताजी (*हँसते हुए*) - नादान हो दिगंबर! अफवाहों को फैसला समझ लेते हो। भाई सारे फैसले तो आपस की अन्डरस्टैंडिंग पर ही निर्भर करते हैं न? वैसे तुमने इस बार पलटू किसान की जगह किसे खड़ा करने का फैसला किया है?

दिगंबर (*थोड़ी राहत की सांस लेते हुए*) - भाई साहब, मैं फैसला करने वाला कौन होता हूँ? आप जिसे कहेंगे, उसे ही टिकट दे दूंगा।

नेताजी (*सोचते हुए*) - मेरा ख्याल है लखीमपुर के लिए पलटू किसान ही ठीक रहेगा, क्यों?

दिगंबर - जैसा आपका आदेश, वैसे इस बार पलटू ने अपनी चुनाव लड़ने की फ़ीस बढ़ा दी है; २ लाख की जगह ५ मांग रहा है!

नेताजी - भाई फिर भी सस्ती है न, तुम्हारी जीत इस भाव में क्या बुरी है!

दिगंबर - ठीक कहते हैं भाई साहब!

नेताजी - तो फिर तय हुआ कि, लखीमपुर से पलटू किसान चुनाव हारेगा और धमालपुर से चुनाव जीतेंगे लोकप्रिय नेता श्री दिगंबर दयाल!

दिगंबर - मेरी तरफ से पक्का वादा!

नेताजी - और हाँ, वो गाँव में लगने वाले कारखाने के विषय में भी कुछ गलत बात नहीं होनी चाहिए।

दिगंबर - कमाल कर रहें हैं, भाई साहब,आप गाँव की प्रगति के लिए इतना बड़ा काम कर रहें हैं, मैं क्या उसमे रोड़ा डालूँगा, च्च ..च्च ...? आप बेफिक्र रहिये।

नेताजी (*हँसते हुए*) - हम तो वैसे ही बेफिक्र हैं, अब आप बेफिक्र रहिये, (हँसते हुए) - हा हा हा हा ....

दिगंबर - हमें काहे की फ़िक्र आप के राज मे (नकली हंसी हँसता है) - हा हा हा ....

दोनों हाथ मिलाते हैं!

दिगंबर - लेकिन भाई साहब, स्थिति को सँभालने में थोडा जोर आएगा। मैंने वहां जोश जोश में घोषणा कर दी थी कि पलटू कि जगह मोती को चुनाव का टिकट देंगे।

नेताजी (सोचते हुये) - ये तो बढ़िया रहा। कायम रहो अपनी घोषणा पर! अब जरा मजा आएगा राजनीति का!

दिगंबर (*रुआंसा होकर*) - भाई साहब, अभी भी नाराज हैं मुझ पर?

नेताजी (*हँसते हुए*) - अरे नहीं दिगंबर, अभी समय नहीं है, जरा मीटिंग में पहुंचना है। सारी राजनीति एक ही दिन में सीख लोगे मुझ से? एक बार फिर मिलेंगे, तब चर्चा करूंगा आगे क्या करना है!

दिगंबर - जब आदेश देंगे, हाजिर हो जाऊँगा!

नेताजी - घर के बाहर तुम्हारे तेवर विपक्ष वाले ही रहने चाहिए।

दिगंबर (*मुस्कुराते हुए*) - जरूर मुख्यमंत्रीजी!

अँधेरा होता है!

दृश्य 6

नेताजी अपने दफ्तर में बैठे हैं। फोन पर बात कर रहें हैं।

विक्रम - डैड सुना है गाँव वालों ने आपके ऑफर को ठुकरा दिया और जमीन देने को तैयार नहीं हैं। नाराज भी हैं।

नेताजी - नाराज होने वाली बात तो ये है ही; जो संपत्ति 2 लाख रुपैये एकड़ के भाव की है, उसे पौने दो लाख में कौन बेचेगा?

विक्रम - लेकिन डैड, जब आप ये बात जानते थे तो इतना कम ऑफर क्यों भेजा आपने?

नेताजी - ये सब मोल भाव राजनीति है बेटा, हम पर छोड़ दो; तुम्हें जमीन चाहिए न, सो मिल जायेगी।

तभी फोन की घंटी बजी। विक्रम ने तपाक से फोन उठा लिया।

विक्रम - कौन है? .... कौन शेरू?............................ वो तुमसे बात नहीं कर सकते!

(*फोन के ऊपर हथेली रख कर*) - डैड, कोई शेरू बोल रहा है, बिलकुल गंवार है। आपसे बात करने को इंसिस्ट कर रहा है।

नेताजी - लाओ मुझे दो, सब अपने ही लोग हैं। तुम अपना काम करो

(*विक्रम का प्रस्थान*)

नेताजी (*फोन पर*) - भाई बात ये है शेरू पहलवान, चुनाव बहुत पास आ गए हैं। चुनावी राजनीति में सब का सहयोग चाहिए .....

नेताजी - च्च .... च्च .... ये भैया मारने पीटने की बातें मत करो हमसे। ये सब बातें फोन पर करनी भी नहीं चाहिए। वैसे भोलाराम बता रहा था, कुछ पैसों की आवश्यकता थी तुम्हारी, सो मैंने उसे कह दिया है की शेरू अपना ही आदमी है, जो चाहे दिलवा देना ....

नेताजी - .... हाँ, काम था मामूली सा .... एक बार लखीमपुर जाना पड़ेगा .... पूरी बात भोलाराम समझा देगा। और ध्यान रखो मुझे सीधे सीधे फोन मत किया करो। हाँ ठीक है .... हाँ भाई कह दूंगा भोला से ....

भोलाराम अन्दर आता है।

भोलाराम - सरकार, वो हस्तिनापुर टाइम्स के चेयरमैन सिंह साहब आये हैं।

नेताजी - अरे तो उन्हे ले आओ अन्दर, बाहर क्यों बिठाल रखा है सिंहजी को?

भोलाराम - जी सरकार।

(भोलाराम बाहर जाता है और साथ में लेकर आता है एक सज्जन को जो सूट बूट पहने हुए हैं)

सिंहजी - प्रणाम सर!

नेताजी - प्रणाम जी प्रणाम! सब खैरियत तो है न?

सिंहजी - सब आपका आशीर्वाद है सर।

नेताजी - अरे भाई वो प्राइम टाइम न्यूज़ में आपने किसे बैठा दिया है, कुछ ज्यादा ही दबंग है। जरा नर्म कीजिये ख़बरों को। कोई दूसरा समझदार आदमी लाइए।

सिंहजी - हाँ सर, उसे हटा रहें हैं। माहौल को समझता नहीं है।

नेताजी - बढ़िया! बताइए क्या कर सकता हूँ आपके लिए?

सिंहजी - आपका पूरा आशीर्वाद चाहिए। आपकी पार्टी का चुनाव का बजट बन चुका है, जिसमे मिडिया का बजट है ३०० करोड़ का। ३०० में से २०० करोड़ का बजट आपने रखा है टी वी का। उस २०० करोड़ में हमारे लिए आपने मात्र २० करोड़ का ही प्रावधान किया। 'अभी तक टी वी' को अकेले को ९० करोड़ का अलोकेसन किया है। हमसे क्या भूल हुई है सरकार?

नेताजी - अरे भूल वूल क्या होगी? मैं तो ये विभाग देख नहीं रहा हूँ; लेकिन आप चाहते क्या हैं, सो बताइए, जो बन पड़ेगा सो करेंगे।

सिंहजी - कम से कम हमारा अलोकेसन डबल तो करवा दीजिये।

नेताजी - मांग तो बहुत ज्यादा रहें हैं, लेकिन देखेंगे। लेकिन आप हमारे लिए क्या कर रहें इस चुनाव में?

सिंहजी - एक बहुत जबरदस्त खबर पर काम चल रहा है जो कि अगर बाहर आएगी तो विपक्ष की छुट्टी कर देगी।

नेताजी - ऐसी कौन सी खबर है भाई, जो हम तक नहीं पहुंची?

सिंहजी - आपके राजनैतिक प्रतिद्वंदी दिगंबर दयाल फंसेंगे बुरी तरह - छोटा मोटा नहीं एक अध्यापिका के रेप का मामला है! मेहंदीपुर का। खबर हाथ लगी हमारी पोलिटिकल रिपोर्टर मीनाक्षी जोशी के हाथ। वो दिन रात लगी हुई है उस स्टोरी के पीछे।

नेताजी - लो जी! खोदा पहाड़ निकली चींटी। अरे भाई उस खबर पर टाइम ख़राब मत करिए। मैं पूरे मामले की गुप्त रूप से जांच करवा चुका हूँ। सीधा सादा ब्लैकमेल का केस था। मैटर सेंसिटिव था, इसलिए पार्टी में बयानबाजी रुकवा दी। जो भी हो आज विपक्ष के नेता के रूप में दिगंबर बाबू की भी बहुत बड़ी साख है। ऐसे बेबुनियादी आरोप हमारे ऊपर उलटे पड़ते हैं। मेरी सलाह है इस स्टोरी को यहीं ड्रॉप कर दीजिये।

सिंहजी - आपने बहुत ही सही समय पर ये सब बता दिया, नहीं तो अनर्थ हो जाता।

नेताजी - आपके टी वी चैनल का नुक्सान हो जाता। अरे भाई खबर ही निकालनी है तो लखीमपुर जाइए। उस छोकरे मोतीलाल की खबर निकालिए, जिसने दिगंबर को भरी सभा में बेइज्जत किया। और उसके साथ वो उसका साथी क्या नाम है उसका .... हीरा, हाँ हीरा ....। पता नहीं क्या षड़यंत्र कर रहें हैं दोनों इस चुनाव में! उनकी खबर लीजिये।

सिंहजी - सही कहा आपने, वो मेहंदीपुर वाली अफवाह वहीं से शुरू हुई थी।

नेताजी - सारा जीवन हमने देश की सेवा में अर्पित कर दिया; लेकिन हमारे अपने सिद्धांत हैं। विपक्ष भले ही कितना भी हमारा विरोध करे, लेकिन हम उससे निपटने के लिए झूठ का सहारा कभी नहीं लेंगे। प्रजातंत्र में झूठ के लिए कोई जगह नहीं।

सिंहजी - सर आप कितने महान हैं, ये आज आभास हुआ मुझे। आप की जगह कोई और नेता होता तो इस खबर को पूरी तरह भुनाता, इस चुनाव के मौके पर .... सर वो हमारा अलोकेसन?

नेताजी - हुआ ही समझो, सुबह तक इ-मेल आ जायेगी। और हाँ, जरा हमारे लखीमपुर वाले नए उद्योग के प्रकल्प को कवर कीजिये; उसमे आप बताइए कि उद्योग के लिए आवश्यक ३०० एकड़ जमीन हमने अपनी ही दे दी; लखीमपुर की भलाई के लिए। पूरे गाँव को रोजगार मिलेगा, खुशहाली आएगी। हमारा पूरा परिवार हमेशा ही समर्पित रहा है लखीमपुर के लिए। आप चाहें तो इस विषय पर एक पूरा स्टूडियो इन्टरव्यू भी कर सकते हैं।

सिंहजी - जरूर सर,इतनी बड़ी खबर! इसे तो हम अपनी एक्सक्लूसिव खबर के रूप में दिखायेंगे! धन्यवाद सर! जय हस्तिनापुर!

नेताजी - जय हस्तिनापुर!

(*सिंहजी का प्रस्थान*)

भोलाराम - सरकार, समझ नहीं पा रहा हूँ कि किन शब्दों में आपकी होशियारी की दाद दूँ? आप सारे दिन शतरंज की चालें ऐसी चलते हो जिसमें फायदा दुतरफा होता है।

नेताजी - व्यक्तिगत फायदे से ऊपर उठो भोला, देश की सोचो! और हाँ, तुम्हे आज ही लखीमपुर जाना है। जैसा बताया था, वैसा ही सरपंचजी और पंचायत से बताना है। समझ गए न?

भोलाराम - सब समझ गया हूँ, मालिक! आपके साथ रहते रहते मैं भी होशियार हो गया हूँ। आज ही चला जाऊँगा; कल शाम तक पूरे गाँव को पता चल जाएगा।

नेताजी - चलो अब हमारे विश्राम का समय हो गया है।

मंच पर धीरे धीरे अंधकार होता है।

दृश्य 7

गाँव के पेड़ के नीचे बैठे हैं - हीरा और सुमन!

सुमन - भैया गाँव के लोग तुम्हारे बारे में कुछ खुसुर पुसुर कर रहें हैं। वो जमीन बेचने वाली बात को लेकर।

हीरा - हाँ, मैंने भी कहा था नेताजी को शायद गाँव के लोगों को ये बात पसंद नहीं आएगी। फिर भी समझाना तो पड़ेगा ही न; गाँव की तरक्की का सवाल है; कोई विदेशी कंपनी गाँव में बहुत बड़ा कारखाना खोल रही है।

सुमन - मुझे तो नेताजी की बात सही नहीं लग रही। गाँव वाले कह रहे थे कि हीरा जमीन की दलाली कर रहा है; सही दाम तक नहीं दिलवा रहा है।

हीरा - मेरी नेताजी से बात हो चुकी है, जरूरत पड़ी तो वो पौने दो लाख से बढाकर दो लाख का भाव दे देंगे।

सुमन - लेकिन भैया, कल रात ही नेताजी का आदमी भोलाराम पंचायत को जमीन का भाव अढाई लाख रुपैया बोल कर गया है।

हीरा (*आश्चर्य से*) - ऐसा होना तो नहीं चाहिए,अगर कीमत बढानी भी है तो नेताजी मुझसे कहलवायेंगे।

सुमन - भैया गाँव वालों को ऐसा लग रहा है कि नेताजी तो भाव अढाई लाख का दे रहें हैं, तुमने ही अपना फर्क रख कर पैसा खाने की सोची है। भोलाराम की बात का कुछ ऐसा ही मतलब निकाल रहें हैं लोग।

हीरा (*चिंतित होकर*) - हम्म, खैर तू चिंता मत कर, नेताजी सारी गलत फहमी दूर कर देंगे! देवता तुल्य इंसान हैं।

सुमन (*चिंतित होकर*) - पता नहीं भैया, मन बड़ा आशंकित सा है, इस सब से!

हीरा - सुमन, उस दिन की दिगंबर दयाल वाली मीटिंग के बाद मोती कुछ बदला बदला सा है। तुम्हें नहीं लगता ऐसा?

सुमन - भैया, बात ये है कि उसने मुझसे कहा था कि वो बलात्कार का आरोप लगाना गलत था।

हीरा - गलत क्यों था? एक सच्ची बात जनता में उठाने में क्या गलत है?

सुमन - लेकिन उस बात की सच्चाई का क्या प्रमाण है?

हीरा - प्रमाण .... (*हकलाता हुआ*) .... भाई प्रमाण तो कहाँ से मिलेगा?

सुमन - क्या वो टीचर आपकी बात का समर्थन करेगी?

हीरा - उस टीचर को तो मैं जानता ही नहीं!

सुमन - और लगा दिया आरोप बिना कुछ जाने ही। आज मोती को दिगंबर दयाल ने बुलाया है।

हीरा (*चौंक कर*) - क्यों? और वो चला भी गया पगला! पता नहीं वो दिगंबर कैसा सलूक करेगा उसके साथ?

(*मोती का प्रवेश*)

मोती - दिगंबर ने तो सलूक अच्छा ही किया मुझसे, लेकिन तुमने क्या किया मेरे साथ?

हीरा - क्या बात है मोती? मैंने क्या बुरा किया तुम्हारे साथ?

मोती - तुम्ही ने उकसाया था न मुझे वो टीचर के बलात्कार वाली बात उठाने को? किसके कहने से? जरा बताओ तुम्हे ऐसी खबर कहाँ से मिली?

हीरा - इतना उत्तेजित क्यों हो रहे हो, सब कुछ बताता हूँ, जरा शांति से बैठ तो जाओ।

मोती - मुझे शांति तभी मिलेगी जब मैं सारी सच्चाई जान लूँगा।

हीरा - ठीक है, मुझे बलात्कार वाली घटना के बारे में बताया नेताजी नें।

मोती - हम्म, तो फिर दिगंबर दयाल जी की बात सही है कि तुम नेताजी से मिल कर आये थे! तुम्हारी जानकारी के लिए बता दूँ कि हस्तिनापुर टाइम्स की रिपोर्टर के सामने उस टीचर ने इस बात को गलत बताया है।

हीरा - भाई विश्वास ही नहीं होता!

मोती - विश्वास तो मेरा सब पर से ही उठ चुका है। और क्या बात हुई नेताजी से तुम्हारी?

हीरा - और क्या बात होती, गाँव की हालत के बारे में हुई।

मोती - और गाँव के आगामी चुनाव के बारे में?

हीरा - चुनाव के बारे में क्या?

मोती - क्या ये सच नहीं है कि तुम्हे उन्होंने इस क्षेत्र से चुनाव लड़ने का टिकट देने का वादा किया है।

हीरा (*सकपकाते हुए*) - ये सच है, मैं तुम दोनों को सब कुछ बताने ही वाला था, लेकिन बात करने का समय ही नहीं मिला।

सुमन - लेकिन भैया हम लोग तो चुनाव में नेताजी के खिलाफ प्रचार करने वाले थे न?

मोती (*तैश में*) - वही तो पूछ रहा हूँ मैं, हमें लगा दिया काम पर और खुद अपनी सौदेबाजी कर आये। गाँव के लोगों की जमीन की दलाली का सौदा किया तुमने! कितने में बेचा गाँव के साथ अपनी आत्मा को तुमने? सिर्फ एक चुनाव की टिकट पाने के लिए? और पैसे कितने मिले?

हीरा (*चिल्लाते हुए*) - मोती, इस तरह के गलत इल्जाम मत लगाओ!

(*झगडे की बात सुनकर एक के बाद एक २-३ गाँव वाले वहां इकट्ठे हो गए*)

मोती - गलत इल्जाम? अरे मैं तो सब गलत ही समझ रहा था, जब मुझे ये सब बात दिगंबर बाबू ने बताई, लेकिन सच्चाई तो तुमने ही बताई है न?

हीरा - देखो तुम दोनों मेरी बात को समझने की कोशिश करो, मैंने नेताजी का प्रस्ताव इस लिए मान लिया क्योंकि हम सब चाह रहे थे कि इस गाँव से बड़ी हवेली की हुकूमत हटे।

मोती - लेकिन अगर तुम उनकी टिकट पर यहाँ चुने जाते हो तो बात तो वही की वही रही न, फर्क ये पड़ गया की नेताजी के खिलाफ लड़ने वाला हीरा नेताजी के तलवे चाटेगा।

हीरा - और तुमने क्या किया? उस बलात्कारी दिगंबर ने टुकड़ा फेंका और तुम चले गए दुम हिलाते।

मोती - तुम हद से आगे बढ़ रहे हो, अगर सुमन का ख्याल न होता, तो अभी तुम्हारा सर फोड़ डालता।

हीरा (*गुस्से से*) - सुमन का नाम भी मत लो अपनी गन्दी जुबान से। तुम क्या सर फोड़ोगे, मैं ही अभी टेंटुआ दबा देता हूँ तुम्हारा।

हीरा गुस्से में मोती का गला पकड़ लेता है। लोग बीच बचाव कर के छुड़ाते हैं।

हीरा (*चिल्लाते हुए*) - मोती, मेरी दोस्ती बहुत देख ली तूने, अब मेरी दुश्मनी भी देख!

सुमन हीरा का हाथ पकड़ कर खींचती हुई ले जाती है दूसरी तरफ। मोती भी अपना गला सहलाते हुए दूसरी तरफ चला जाता है।

मंच पर धीरे धीरे अँधेरा होता है।

नेपथ्य से -

"और इस तरह मोती और हीरा की वर्षों की दोस्ती समाप्त हो जाती है, दो नेताओं की राजनीति में फंस कर"

मंच पर अंधेरा है

अचानक मोती की चीख सुनाई देती है। फिर किसी के भागने की आवाज आती है। और फिर किसी धातु की चीज के जमीन पर गिरने की आवाज। कई लोगों के भागने दौड़ने की आवाजें आती है।

....

अँधेरे में ही हीरा की आवाज - नहीं नहीं साहब, मैं बेक़सूर हूँ। मैंने किसी का क़त्ल नहीं किया। अरे मोती तो मेरा जिगरी यार था।

गाँव वालों की आवाज

पहली आवाज -

साहब, ऐसे तो दोनों पुराने दोस्त रहे लेकिन चुनाव को लेकर दोनों में बहुत लड़ाई भया। हीरा कह रहे थे की बड़ी हवेली की तरफ से वो चुनाव लड़ेंगे और मोती कह रहे थे के उन्हें दिगंबर बाबू टिकट दे रहे हैं।

दूसरी आवाज -

जज साहब, हम लोगन को ऐसा भी लगता है कि मोती के हीरा की बहन सुमन से कुछ गलत सम्बन्ध थे, जिसका पता हीरा को चल गया, शायद इसीलिए गंडासा चला दिए।

तीसरी आवाज -

जज साहब, गड़बड़ तो बहुत बड़ी किया रहा हीरा, नेताजी देवता आदमी हैं! इस पर उन्होंने भरोसा किया। उन्होंने गाँव वालों की जमीन का भाव बाजार भाव से डेढ़ गुना दिया; लेकिन हीरा ने बीच में अपना हिस्सा रख कर तमाम गाँव वालों को ठगने की कोशिश की! इस बात पर मोती बहुत बिगड़ा; तब हीरा ने मोती को जान से मारने की धमकी दी!

जज साहब की आवाज -

सारे गवाहों के बयानात और पुलिस की रिपोर्ट इस बात को पुख्ता करती है कि मुलजिम हीरा ने ही अपने पुराने दोस्त मोती की हत्या की है। हत्या का हथियार खून से सना गंडासा भी हीरा के घर से बरामद हुआ। लिहाजा इन सभी बातों के मद्दे नजर ये अदालत मुजरिम हीरा को दफा ३०२ के तहत फांसी का हुकुम देती है।

सुमन (*चीखने की आवाज*) - नहीं! ये अन्याय है! ....
....

दृश्य 8

गाँव के लोगों का जुलुस निकलता है। सरपंच जुलुस के आगे आगे नारे बोलता है, भीड़ दोहराती है।

सरपंच - जीतेगी भाई जीतेगी

गाँव वाले - जीतेगी भाई जीतेगी

सरपंच - बड़ी हवेली जीतेगी

गाँव वाले - बड़ी हवेली जीतेगी

सरपंच - हारेगा भाई हारेगा

गाँव वाले - हारेगा भाई हारेगा

सरपंच - पलटू किसान हारेगा

गाँव वाले - पलटू किसान हारेगा

सरपंच - आएगा भाई आएगा

गाँव वाले - आएगा भाई आएगा

सरपंच - नया सवेरा आएगा

गाँव वाले - नया सवेरा आएगा

सरपंच - लाएगा भाई लाएगा

गाँव वाले - लाएगा भाई लाएगा

सरपंच - गाँव में खुशियाँ लाएगा

गाँव वाले - गाँव में खुशियाँ लाएगा

नेपथ्य से

"और इस तरह संपन्न होता है एक और चुनाव। भोले भाले गाँव वाले मृग मरीचिका की तरह ढूंढते रहेंगे अपनी खुशी को, अपनी तरक्की को उसी बड़ी हवेली में अगले पांच सालों तक!"

दृश्य 9

मंच के दाहिने कोने पर प्रकाश

नेताजी चुनाव जीत चुके हैं। मीडिया उनका इंटरव्यू ले रही है। कैमरा चल रहा है और मीनाक्षी जोशी *प्रश्न पूछ रही है।*

मीनाक्षी जोशी - नेताजी, आपने ये चुनाव बहुत बड़ी मार्जिन से जीता, इसका क्या कारण है?

नेताजी - भाई जनता का प्यार है, हमें छोड़ना ही नहीं चाहती। अपने क्षेत्र में काम करना तो हमारा धर्म है ही।

मीनाक्षी जोशी - सुना है इस बार आपकी पार्टी लखीमपुर गाँव के युवक हीरा को टिकट देना चाहती थी, जो किसी क़त्ल के अपराध में फंस गया है।

नेताजी - सब बकवास है, हमारे विरोधियों ने अफवाहें उड़ाई थी। हमारी पार्टी किसी भी आपराधिक पृष्ठभूमि वाले व्यक्ति को चुनाव में टिकट नहीं देती।

मीनाक्षी जोशी - एक अंतिम प्रश्न! देशभक्त पार्टी के अध्यक्ष दिगंबर दयाल जी भी चुनाव में विजयी हुवे हैं। आपका क्या कहना है इस विषय में।

नेताजी - सबसे पहले तो मैं बधाई देता हूँ दिगंबर दयाल जी को उनकी विजय पर। बहुत ही प्रभावशाली नेता हैं और विपक्ष का मजबूत होना प्रजातंत्र के हित में है।

मीनाक्षी जोशी - लेकिन उनपर एक बहुत संगीन आरोप लगा था, किसी टीचर के बलात्कार का!

नेताजी - सब बे-बुनियाद बातें है। चुनाव के नाम पर किसी इज्जतदार व्यक्ति का चरित्र हनन करना एक अपराध है। राजनीति में ऐसे हथकंडों की कोई जगह नहीं होनी चाहिए।

मंच के दहिने कोने पर अँधेरा हो जाता है और बाएं कोने में रोशनी हो जाती है। दिगंबर दयाल चुनाव जीत गए हैं और उनका भी मिडिया इंटरव्यू ले रही है।

मीनाक्षी जोशी - दिगंबर दयाल जी, आपको चुनाव जीतने की बधाई! काफी बड़ी मार्जिन से जीतें है आप, कैसा लगता है आपको?

दिगंबर दयाल - मार्जिन क्या है - लोगों का विश्वास! हमने तो बस लोगों का विश्वास ही पुनः हासिल किया है।

मीनाक्षी जोशी - आपके चुनाव प्रचार के समय एक बहुत बड़ा आरोप लगाया था, आपके खिलाफ किसी ने ....

दिगंबर दयाल - हाँ लखीमपुर की सभा में एक युवक खड़ा हो गया, और मुझ पर आरोप लगा दिया बलात्कार का। क्या उत्तर देवें ऐसे लोगों का। हम जितना प्रयास करते हैं युवा पीढ़ी को राजनीति की मुख्य धारा में लाने का, उतनी ही निराशा होती है। यही उदहारण देख लीजिये। मैंने उस लड़के को खुली सभा में हमारी पार्टी की तरफ से चुनाव लड़ने का निमंत्रण दिया था, उसने उठ कर उलटे सीधे आरोप लगाने शुरू कर दिए। भटक गया है आज का युवक।

मीनाक्षी जोशी - बाद में उस युवक की हत्या हो गयी।

दिगंबर दयाल - पता चला। बहुत दुःख हुआ। उद्दंड था, लेकिन था तो किसी का बेटा ही न? और हत्या का कारण भी देखो क्या था - अपने ही दोस्त की बहन के साथ गलत सम्बन्ध। एक मारा

गया - दूसरे को फांसी की सजा हो गयी। जितनी कम चर्चा की जाए उतनी ही कम है। समाज से संस्कार निकल गए हैं।

मंच के बाएं तरफ भी अँधेरा हो जाता है, और प्रकाश होता है मंच के बीच में एक पेड़ के नीचे बैठी सुमन पर। मिडिया इंटर व्यू लेने को पहुँचती है।

मीनाक्षी जोशी - हमें दुःख है की आपके भाई को अपने दोस्त की हत्या के जुर्म में फंसी की सजा सुना दी गयी। आपके क्या सम्बन्ध थे मरने वाले मोतीलाल से? आप कुछ कहना चाहती हैं?

सुमन धीरे धीरे सर उठाती है -

"बहुत कुछ कहना है अगर कोई सुनने वाला हो तो! सच्चाई ये है कि हीरा हो या मोती और या फिर मुझ जैसी सुमन - सबका अस्तित्व है इस समाज में कीड़े मकोड़ों जैसा। गंदे नाले में पड़े पड़े जीवन काट लो तो शायद कट जाए, लेकिन अगर कभी इंसानों की तरह सड़क पर चलने की कोशिश करोगे तो कुचल दिए जाओगे। हम तीनों ने मिल कर कुछ ख्वाब देख डाले। अपनी औकात से आगे बढ़ कर बड़ी हवेली से टक्कर लेने की कोशिश की। जो हुआ सही हुआ हमारे साथ!

वो हीरा! बदलना चाहता था इस गाँव वालों के हालात, खा गयी बड़ी हवेली उसको। और वो मोती, मेरा बचपन का दोस्त, जिसकी कभी ये कहने की हिम्मत नहीं पड़ी की मैं उसे अच्छी लगती हूँ। मर कर भी गालियाँ खा रहा है कि उसके मेरे साथ गलत सम्बन्ध थे। लेकिन ये न्याय नहीं हुआ। ...... ये न्याय नहीं हुआ..............।

(सुमन फफक के रो पड़ती है)

जज साहब न्याय कीजिये। हीरा को आपने फांसी दे दी, अच्छा किया। उसे मुक्ति मिली इस घृणित जीवन से। लेकिन उस अकेले को ही क्यों? हम बच गए तीन प्राणी। एक बूढा और बीमार बाप, जिसको खाना खिलाने के लिए हीरा के हाथ चाहिए। एक अंधी

माँ, जिसकी जिंदगी सिर्फ स्पर्श के सहारे जीवित है, स्पर्श अपने लाडले बेटे का। और एक मैं अभागन बहन जिसके बिना हीरा का एक दिन नहीं गुजरता था। जज साहब हम तीनों को भी फांसी दे दीजिये। तब आपका न्याय पूरा होगा। न्याय कीजिये!

सुमन का रोना जारी रहता है।

पर्दा गिरता है।

पेईंग गेस्ट

मानवीय मूल्यों पर
आधारित एक कल्पना

पात्र परिचय

राहुल शर्मा - एक मेडिकल स्टूडेंट, शबरवाल परिवार का पेइंग गेस्ट

(Ashwini Arya)

मनोज शबरवाल - शबरवाल परिवार का मुखिया, मर्चेंट नेवी में कार्यरत

(Mahendra Arya)

सुनीता शबरवाल - मनोज शबरवाल की पत्नी

(Deepa Modi)

कुणाल - मनोज शबरवाल का बेटा (Ayush Modi)

नेहा - मनोज शबरवाल की बेटी (Ruchi Gupta)

अभिमन्यु चतुर्वेदी - राहुल का मित्र (Akhilesh Singhal)

जग्गू - घर का नौकर (Harish Bansal)

दिलेर - घर का कार ड्राइवर (Madhuresh Jindal)

पुलिस अफसर (Naresh Doshi)

हवलदार

पेईंग गेस्ट

मंच सज्जा

मंच एक मध्यमवर्गीय परिवार के ड्राइंग रूम कम डाइनिंग रूम का दृश्य! दर्शकों के कोण से मंच पर बायीं तरफ है - एक सोफा सेट, जिसमे तीन पीस हैं - एक डबल सोफा और २ सिंगल सोफा, २ पुफी और एक बीच में टेबल। एक टेबल कोने में जिस पर एक फूलदान रखा है। दिवार पर गुरु नानक की एक तस्वीर। दाहिनी तरफ एक डाइनिंग टेबल जिसके साथ ४ कुर्सियां। दाहिनी तरफ एक दरवाजा खुलता है जो किचन में जाता है। बायीं तरफ का दरवाजा अन्दर कमरों की तरफ जाता है। सामने की तरफ एक दरवाजा है, जो बाहर आने जाने का रास्ता है।

दृश्य १

पर्दा खुलता है!

मनोज सोफा पर बैठ कर अख़बार पढ़ रहें हैं। साथ में उनकी पत्नी सुनीता बैठ कर एक थाली में मटर छील रही है। घर का नौकर जग्गू डाइनिंग टेबल साफ़ कर रहा है। तभी अन्दर से जल्दी जल्दी में बाहर निकलता है - उनका बेटा कुणाल।

कुणाल - (*सुनीता से*) - मोम, पर्स बिलकुल खाली है, पांच सौ रुपये चाहिए।

मनोज - क्या, पांच सौ रुपैये? क्यों भाई? कॉलेज की फ़ीस तो तीन महीनों की एक साथ भर दी थी तुमने! फिर क्यों चाहिए?

कुणाल - ओ डैड! जिंदगी में कॉलेज की फ़ीस के अलावा भी तो खर्चे हैं न?

मनोज - मसलन?

कुणाल - मसल मैन?

मनोज - ऑफ़! अरे भाई मसलन का मतलब है जैसे कि?

कुणाल - गुड, अच्छा वर्ड है। मोम रुपैये?

मनोज - लेकिन तुमने मेरे प्रश्न का उत्तर कहाँ दिया?

कुणाल - कौन सा प्रश्न?

मनोज - वही मसलन यानि जैसे कि?

कुणाल - जैसे कि? कैसे कि?

मनोज - हे भगवान, सुनीता तुम्ही इसे समझाओ कि मैंने इससे क्या पूछा है।

सुनीता - बेटा, तुम्हारे डैड ने ये पूछा था कि कॉलेज की फ़ीस के अलावा तुम्हारे और क्या खर्च है?

कुणाल - तो ऐसे सीधे सीधे क्यों नहीं पूछते! बहुत से खर्च हैं डैड। मूवीज, प्री पेड का पेमेंट, नए कपडे, दोस्तों को ट्रीट वैगरह।

मनोज - अच्छा, तो आज तुमको इन सब कामों के लिए पैसे चाहिए, क्यों?

कुणाल - रोंग डैड! आज तो मुझे पैसे चाहिए एक कोंसर्ट में जाने के लिए। सटर-डे नाईट फीवर!

मनोज - कोंसर्ट?

कुणाल - यस डैड, यू एस का एक बहुत बड़ा बैंड आया है। बीकेसी में आज परफोर्म कर रहा है, उसकी टिकट खरीदनी है।

मनोज - पांच सौ रुपये की एक टिकट?

कुणाल - हाँ, क्योंकि इससे नीचे उनकी कोई कटेगरी नहीं है, सबसे ज्यादा वाली ३००० की है।

मनोज - कुणाल, वी कांट अफोर्ड ....

सुनीता - मनोज प्लीज, ये लो पांच सौ रुपैये बेटा, हैव अ गुड टाइम।

कुणाल (*ख़ुशी से*) - थैंक यू मोम! सॉरी डैड! गोट टू गो नाऊ। चाऊ!

कुणाल बाहर जाता है। घर का नौकर जग्गू ये सारी बातें सुन रहा है।

सुनीता - जग्गू, तू यहाँ खड़ा खड़ा क्या सुन रहा है?

जग्गू - मेम साब, हम तो टेबल साफ़ कर रहा हूँ।

सुनीता - अब जा किचन में बर्तन साफ़ कर।

(जग्गू अन्दर जाता है)

मनोज - सुनीता, ये खर्च कैसे पूरे होंगे?

सुनीता - मनोज ....

अन्दर से नेहा की आवाज आती है -

"जग्गू मेरी कॉफ़ी तैयार रखना, अभी निकलना है"

तभी नेहा बाहर आती है। जग्गू भी कॉफ़ी का कप हाथ में लेकर खड़ा हो जाता है।

नेहा - गुड मोर्निंग डैड! गुड मोर्निंग मोम!

मनोज - गुड मोर्निंग माय स्वीट लिटल डॉटर!

सुनीता - गुड मोर्निंग डार्लिंग!

नेहा - मोम, आई नीड मनी टुडे!

मनोज - क्यों तुम्हे भी कोंसर्ट में जाना है?

नेहा - नहीं डैड, मुझे आज पार्टी में जाना है। यू नो माय बेस्ट फ्रेंड - परेश? परेश मेहता? उसका बर्थ डे है आज! वो ट्रीट दे रहा है, हम सब को - कोर्टयार्ड में। मुझे उसको कोई अच्छा सा गिफ्ट देना है।

मनोज - दोस्त है, कोई पेन वेन दे दो, बहुत से पड़े हैं मेरी आलमारी में।

नेहा - डैड, व्हाट आर यू टाकिंग? आपको पता है, उसने मेरे बर्थ डे पर मुझे क्या दिया था - ब्रांडेड परफ्यूम - शनेल का। कम से कम ४-५ हजार का आता होगा। मैंने उसके लिए एक लेदर का पर्स देखा है। १८०० का है।

मनोज - लेदर पर्स - १८०० रुपैयों का।

नेहा - पापा, बॉस का है!

मनोज - अरे भाई किसके बॉस का है? और ऐसे किसी के बॉस का पर्स लेना क्या जरुरी है। २५० रुपैये में धारावी में फर्स्ट क्लास पर्स मिलता है।

नेहा (*रोनी आवाज में*) - फिर मुझे नहीं जाना, न पार्टी में और न कॉलेज। आई कांट फेस परेश लाइक दिस।

सुनीता - सुनो बेटा, पापा के कहने का मतलब ये है, तुम लोगों के इतने दोस्त हैं, अगर सब के बर्थ डे पर इतना महंगा गिफ्ट देंगे तो कैसे मैनेज होगा?

नेहा - मोम। हमारे बर्थ डे पर वो सब लोग नहीं देते क्या?

मनोज - वो भी सही नहीं बेटा, उनके पैरेंट्स को भी यही प्रॉब्लम आती होगी न?

नेहा गुस्से में पैर पटक कर कमरे में जाने लगती है।

मनोज - हे माई लिल प्रिंसेस! लो भाई तुम्हारे रुपैये। गिन कर निकाल लो मेरे पर्स से।

नेहा - ओ डैड, यू आर सो स्वीट!

सुनीता - लेकिन अब अगले दो महीने तक नो गिफ्ट फॉर एनी बोडी।

नेहा - हाउ डू आई नो, मोम?

सुनीता - जग्गू, तुम हर समय यहाँ खड़े होकर हमारी बातें क्यों सुनते हो?

जग्गू - मेम साब, हम तो नेहा दीदी का काफी बना के लाये थे।

नेहा जग्गू से कॉफ़ी का कप लेती है और खड़ी खड़ी पी जाती है। जग्गू कप लेकर किचन में जाता है।

नेहा (बाहर जाते हुए) - बाय मोम! बाय डैड!

मनोज *(एक ठंडी सांस भरते हुए)* - सुनीता जी, इस स्पीड से तो अपनी महीने भर की तनख्वाह पंद्रह दिन भी नहीं चलेगी।

सुनीता - मुश्किल तो बहुत होती है। तुम्हे नौकरी से पैंतालिश हजार मिलते हैं। यानी रोज का डेढ़ हजार। अगर कोई फालतू खर्च न हो तो हमारा काम चल सकता है, लेकिन ये एक्स्ट्रा खर्च?

मनोज - लेकिन तुम ना भी तो नहीं कह पाती हो न। अब देखो न क्या जरूरी था, कुणाल को कोंसर्ट के लिए ५०० रुपैये देना।

सुनीता - अच्छा, मैं ही बिगाड़ रही हूँ न बच्चों को? और तुमने जो तुम्हारी लिटल प्रिंसेस के सामने तुरंत घुटने टेक दिए। वो? पूरे १८०० की चपत लग गयी, डार्लिंग!

मनोज - साला, यही प्रॉब्लम है, माँ बाप होने की। दुनिया से लड़ सकते हैं, लेकिन अपने बच्चों का दिल कैसे दुखाएं।

सुनीता - चिंता मत करो। १-२ साल की बात है। राहुल का एम बी ऐ पूरा हो जाएगा, तो वो भी कमाने लगेगा। थोड़ी चाय लोगे?

मनोज - हाँ पी लेंगे, जानेमन! तुम्हारे हाथों की चाय फिर न जाने कितने दिनों बाद नसीब हो, कल फिर ड्यूटी शुरू १५ दिनों की शिप पर।

सुनीता - कल ही जा रहे हो?

सुनीता किचन में जाती है।

मनोज अख़बार पढता है।

मनोज - किराये पर मकान चाहिए .... ऑफिस चाहिए .... पुरानी गाडी बेचनी है .... फर्नीचर किराये पर .... पेईंग गेस्ट के लिए कमरा चाहिए .... (*पन्ना पलटता है*) .... गाडी की पार्किंग .... दुकान .... (*पन्ना पलट कर पिछले पन्ने पर आता है*) .... हाँ ये रहा .... पेईंग गेस्ट अकोमोडेसन चाहिए .... मेडिकल स्टुडेंट .... सुबह का नाश्ता .... रात का खाना .... अँधेरी इलाके में .... ८००० रुपैये .... (*अख़बार वही पर मोड़ कर सामने रखता है और आवाज लगाता है*) .... सुनीता ..... ओ सुनीता ....

सुनीता बाहर आती है चाय का प्याला हाथ में लेकर।

सुनीता - क्यों चीख रहे हो, अभी तो गयी थी तुम्हारी चाय बनाने को?

मनोज - अरे भाई अपनी फ़ाइनेन्सिअल क्राइसिस का सोलुसन मिल गया!

सुनीता - कौन सा अलादीन का चिराग हाथ लग गया?

मनोज - अरे चिराग नहीं, अलादीन ही हाथ लग गया। ये देखो क्लास्सीफाइड में एक ऐड निकला है। एक कोई मेडिकल का स्टुडेंट है, जिसे साल भर के लिए पेईंग गेस्ट की जगह चाहिए। आठ हजार देगा।

सुनीता - न बाबा, मैं तो किसी अनजान आदमी को घर में न बसाऊँ।

मनोज - अरे भाई इतना डरने की क्या बात है? अगर मेडिकल में पढ़ रहा है तो कोई चोर उचक्का तो है नहीं। किसी बड़े घर का ही होगा, वर्ना आज कल मेडिकल में एडमिशन मिलता किसको है?

सुनीता - वो तो ठीक है - लेकिन घर में एक जवान लड़की है, उसका क्या?

मनोज - सुनीता, जो भी है हर समय अपनी आँखों के सामने तो है न। अब वो घर से बाहर जाती है तो क्या कंट्रोल है तुम्हारा। आज वो रात को पार्टी में जा रही है न, क्या नाम बताया, परेश समथिंग के बर्थ डे पर! क्या है कुछ तुम्हारे वश में?

सुनीता (सोचते हुए) - बात तो तुम्हारी ठीक है, लेकिन अब तुम भी शिप पर जा रहे हो पंद्रह दिनों के लिए!

मनोज - मेरी तो ड्यूटी ही ऐसी है। ऐसे ही चलेगी हमेशा। एक काम करते हैं, उस लड़के को बुला कर समझ लेते हैं, अगर ठीक लगा तो कमरा दे देंगे, वर्ना न बोल देंगे। इन १५ दिनों में तुम्हे

उसका व्यवहार और चाल चलन का पता चल जाएगा। अगर ठीक नहीं लगा तो मैं वापस आकर कोंट्राक्ट कैंसल कर दूंगा।

सुनीता - देख लो जैसा ठीक समझो।

मनोज - तो फिर अभी फोन लगाता हूँ।

(मनोज फोन उठाकर बात करता है। बात चीत नेपथ्य से आ रहे संगीत में खो जाती है)

मंच पर थोडा अँधेरा होता है, जो दृश्य परिवर्तन के लिए किया जाता है।

दृश्य 2

अगले दिन की सुबह का। मनोज और सुनीता डाइनिंग टेबल पर बैठ कर चाय पी रहें हैं।

मनोज - भाई मुझे तो लड़का शरीफ लगा। बिलकुल पढ़ाकू टाइप का है। जैसे की मेडिकल स्टुडेंट होते हैं।

सुनीता - हाँ पैसे वाला भी लगता है, पूरे आठ हजार अडवांस दे दिए आते ही।

मनोज - देखो, हमारे कोंट्रक्ट में उसका सुबह का नाश्ता और रात का खाना शामिल है। और हाँ सन्डे और होलीडे को दोपहर का खाना भी! इसमें गफलत नहीं होनी चाहिए।

सुनीता - हाँ, लेकिन ये भी तो बात हुई है न, रात को दस के बाद खाना नहीं मिलेगा और १२ के बाद दरवाजा नहीं खुलेगा।

मनोज - हाँ ये सब है लेकिन फिर भी मुंबई के जीवन में कभी कभी लेट सभी होते हैं, इसलिए उसे अपसेट मत करना।

सुनीता - वंस इन ऐ ब्लू मून इज ओके। वर्ना फिर ....

मनोज - बच्चों को बताया?

सुनीता - कब बताती! कुणाल आया रात को एक बजे, अपने कोंसर्ट से। और तुम्हारी प्रिंसेस आई साढ़े बारह बजे। तब तक हमारे पेईंग गेस्ट महाशय डिनर करके सो चुके थे। आज मिलवाती हूँ सबसे।

(नौकर जग्गू सारी बातें सुन रहा था।)

जग्गू - मेम साब। इ रात को नए साहब कौन आये हैं?

सुनीता - ये हमारे गेस्ट हैं। कुछ महीनों तक यहीं रहेंगे।

जग्गू - अपन के रिश्तेदार हैं?

सुनीता मनोज की तरफ देखती हैं।

मनोज - रिश्तेदार तो नहीं, लेकिन किरायेदार समझो।

जग्गू - किरायेदार को अपने घर में रखोगे मालिक?

मनोज - क्यों क्या फरक पड़ता है?

जग्गू - आप मालिक हैं, अगर आप को नहीं पड़ता तो भला मुझे क्या पड़ेगा? बस देख लेना, आजकल समय जरा ठीक नहीं है। बाहर के आदमी को अन्दर का रास्ता दिखाने के पहले सोचना जरूरी है।

मनोज - क्यों, तुम क्या बाहर के आदमी नहीं हो?

जग्गू - लो। साहब तो हमारी ही हिंदी करने लगे। हम ठहरे नौकर आदमी, पेट भरने के लिए आपके हियाँ शरण लिए हैं।

सुनीता - जग्गू, हर समय हमारी बातों में घुसने की कोशिश मत करो।

जग्गू - गलती हो गयी मेम साब! अभी जाते हैं।

(अन्दर से पहले कुणाल का और पीछे नेहा का प्रवेश)

कुणाल - गुड मोर्निंग डैड! गुड मोर्निंग मोम!

नेहा - वेरी गुड मोर्निंग डैड, मोम, भैया!

कुणाल - व्हाट अ कोंसर्ट डैड। सब लोग पागल हो रहे थे! व्हाट साउंड! व्हाट इफ्फेक्ट्स! माइंड बोग्लिंग! रियल हार्ड रोक डैड!

मनोज - चलो अच्छा है, तुमने एन्जॉय किया। तुम्हारी पार्टी कैसी रही स्वीट हार्ट?

नेहा - वंडरफुल डैड! व्हाट अ प्लेस दिस कोर्टयार्ड, डैड! कभी अपने चलेंगे फॅमिली डिनर के लिए।

सुनीता - और तुम्हारा वो गिफ्ट?

नेहा - ओह ममा! परेश जस्ट लव्ड इट। यू नो, उसने उसी समय पुराना पर्स खाली करके एक वेटर को गिफ्ट कर दिया, और उसने मेरा वाला पर्स पॉकेट में रख लिया। सो स्वीट ऑफ़ हिम!

सुनीता - चलो उसे तुम्हारा पर्स पसंद तो आया।

नेहा - पसंद क्यों नहीं आएगा, बॉस का जो था।

मनोज - आई ऍम हैप्पी फॉर यू! अब मुझे भी एक बात करनी है तुम दोनों से।

नेहा - हमसे? क्या डैड?

कुणाल - यस डैड!

मनोज - देखो कल मैंने अपना जो गेस्ट रूम है न, वो एक पेईंग गेस्ट को दे दिया है।

नेहा - व्हाट? पेईंग गेस्ट?

कुणाल - दैट्स रिडी कुलस डैड! बट व्हाई डैड?

मनोज - फॉर मनी डार्लिंग। हम सब को पैसे चाहिए। जितना कमा रहें हैं, उससे ज्यादा चाहिए। कुणाल को कोंसर्ट के लिए चाहिए, नेहा को अपने दोस्त को बॉस का पर्स गिफ्ट करने के लिए चाहिए! इसी तरह कभी और भी जरूरतें आ जाती है - जैसे किसी की शादी, कोई मेडिकल प्रोब्लम - हमारा बजट इस तरह ज्यादा टाईट हो जाता है।

नेहा - लेकिन डैड आप कितना तो कमाते हो, बहुत है हमारे लिए!

कुणाल - डैड, मेरा एमबीऐ पूरा हो जाने दो, फिर मैं इतना कमाऊँगा कि आपको ये शिप की सर्विस भी नहीं करने दूंगा।

मनोज (*खुश होते हुए*) - बिलकुल, फिर हम क्यों जायेंगे इतने दूर अपने बच्चों से! लेकिन तब तक तो हमें अपनी जरूरतें पूरी करनी है न बच्चों!

(जग्गू अचानक किचन से निकल कर आता है)

जग्गू - मालिक, हमें तो इस तरह अनजान लोगों को घर में बसाना ठीक नहीं लगता। कहीं कुछ चोरी वोरी कर लेगा, और फिर आप हम पर शक करेंगे।

मनोज (*गुस्से में*) - जग्गू .... अगर तुम इस तरह हमारी हर बात सुनोगे और बीच में बोलोगे तो उसे तो नहीं लेकिन तुम्हे यहाँ से रवाना कर देना पड़ेगा।

(मनोज उठ कर अपने बेड रूम में चले जाते हैं)

जग्गू *(नाराज होकर किचन की तरफ जाता है)* - ठीक है, आपकी मर्जी। भलाई का तो जमाना ही नहीं है। खुद को घर का आदमी समझ कर ....

(पीछे पीछे सुनीता भी बेड रूम की तरफ चली जाती है)

सुनीता - देखोजी, इस तरह नौकर को डांटना ठीक नहीं। एक तो आज कल वैसे ही नौकर नहीं मिलते, फिर तीन हजार में कोई और कहाँ मिलेगा।

नेहा - कुणाल, तुम्हारे साथ कंसर्ट में तुम्हारा दोस्त अभिमन्यु नहीं गया था क्या?

कुणाल - टिकेट तो थी उसकी भी, लेकिन उसने लास्ट मोमेंट पर कैंसल कर दिया, बोला उसे किसी पार्टी का इनविटेसन है।

नेहा - इनविटेसन? हह! वो पहुँच गया परेश की पार्टी में - बिना किसी इनविटेसन के! मेरे को बोला की परेश ने इनवाईट किया है और परेश को बोल दिया की नेहा ने इन्सिस्ट किया। क्या अजीब आदमी है ये? मुझे तो पसंद नहीं ऐसे झूठे लोग!

कुणाल - नोट अ बिग डील नेहा। ये सब चलता है।

(तभी कमरे के अन्दर से राहुल शर्मा का प्रवेश, राहुल बिलकुल नहा धोकर तैयार होकर बाहर जाने की मुद्रा में)

राहुल (कुणाल की तरफ मुखातिब होकर) - हाय कुणाल, आई एम् राहुल, राहुल शर्मा! हाय नेहा!

कुणाल - ओह, यू आर अवर पईंग गेस्ट, आई प्रिजुम!

राहुल (मुस्कुरा कर) - बिलकुल सही!

नेहा - तुम रोज इतनी जल्दी नहा लेते हो क्या?

राहुल - नहीं, इससे भी जल्दी। आज संडे है न!

नेहा - तो सन्डे को भी ऐसे नहा धोकर घर में रहोगे?

(सुनीता का प्रवेश)

राहुल - नहीं, कॉलेज जा रहा हूँ। एक प्रोजेक्ट पर काम करना है। लाइब्रेरी में रहूँगा।

कुणाल - हाउ बोरिंग!

सुनीता - कुणाल! डोंट टॉक लाइक दिस टू हिम।

राहुल (*मुस्कुरा कर*) - इट्स ओके आंटी। हमारी जेनेरेशन खुल के ही बात करती है। और मुझे ये ईमानदारी पसंद है। चलता हूँ।

सुनीता - लेकिन तुम्हारा नाश्ता?

(मनोज का प्रवेश)

राहुल - आज पहला दिन है, रहने दीजिये। आप को पता नहीं था की मैं इतनी जल्दी निकल जाऊँगा, इस लिए शायद अभी तक बना नहीं होगा। कोई बात नहीं। मेरी गलती है, मैंने आप को कल रात को सोने के पहले बताया नहीं

सुनीता - बेटा, पांच मिनट में कुछ बन जाएगा ....

राहुल - आंटी, लंच पर आ जाऊँगा। दो बजे आपके लिए लेट तो नहीं होगा न?

मनोज - नहीं नहीं, बिलकुल नहीं। तुम जब भी आओगे तुम्हारा लंच तैयार मिलेगा।

राहुल बाहर जाने के लिए निकलता है।

राहुल - बाय एवरीबोडी! बाय गाइज!

सुनीता - लड़का लगता तो शरीफ है।

मनोज - बिलकुल शरीफ है।

कुणाल - शो ऑफ करता है। नया नया है, इस लिए इम्प्रेशन जमा रहा है।

नेहा - व्हाटेवर! हमें कौन सा इसे यहाँ परमानेंट रखना है। पैसे दे रहा है। इस लिए ठीक है।

(तभी अन्दर से जग्गू आता है)

जग्गू - नेहा दीदी, वो कितना पैसा देगा एक कमरा का?

मनोज - तुमसे मतलब?

जग्गू - अरे साहब, हमरे गाँव से एक लच्छू चाचा आयें हैं, उन्हें भी रहने के लिए एक खोली चाहिए, हम सोचा की हम भी उन्हें अपने क्वाटर में रख लेवें?

मनोज - बिलकुल नहीं। तुम्हे रहने का कमरा दिया है तुम्हारे लिए, किसी भी ऐरे गैरे को ठहराने के लिए नहीं।

जग्गू - लेकिन मालिक ऊ भी अपन का पईंग गेस्ट रहेगा।

मनोज - शट अप!

जग्गू (*बडबडाते हुए जाता है*) - कछु समझे में नहीं आता की इ लोग क्या सोचते हैं?

मनोज - अच्छा मेरी बात सुनों राहुल और नेहा! मैं आज शिप पर जा रहा हूँ। २ हफ्ते का टूर है। जरा घर का ध्यान रखना। ये एक नया मेंबर है घर का, ऐसे तो ठीक ठाक लगता है, लेकिन ज्यादा

ट्रस्ट नहीं करना। उसे अपने कमरे में ही रहने देना, सिर्फ खाने पीने के समय यहाँ आये। अपने कमरों में तो बिलकुल मत बुलाना।

मनोज - अच्छा सुनीता मेरा समय हो रहा है। सभी अन्दर कमरे की तरफ जाते हैं।

दृश्य 3

कुणाल सोफा पर बैठ कर अपने लैप टॉप पर कुछ काम कर रहा है। नेहा हेड फोन लगा कर थिरक रही है।

अन्दर से सुनीता निकलती है।

सुनीता - सुनो मैं जरा बाजार जा रही हूँ। घर का ध्यान रखना।

कुणाल अपने काम में व्यस्त रहता है। नेहा अभी भी नाच रही है।

सुनीता - नेहा, वो लड़का आएगा, उसका लंच मैंने उसके रूम में रख दिया है, कहना खा ले!

नेहा को हेड फोन के कारण कुछ नहीं सुनता, वो मस्ती में झूम रही है।

सुनीता (चिल्ला कर) - मैं पागल हूँ क्या? किसी को मेरी बात का उत्तर देने की फुर्सत नहीं।

कुणाल हडबडा कर खड़ा हो जाता है, नेहा हेड फोन हटा लेती है।

कुणाल - सोरी मोम, फेसबुक पर था। बोलिए क्या कहना है?

नेहा - मोम, हेड फोन लगा था न? क्या है?

सुनीता - कुछ नहीं।

(सुनीता बाहर निकल जाती है)

कुणाल - क्या यार, ये मोम्स इतनी सैंसिटिव क्यों होती है?

नेहा - कुणाल गलती अपनी है यार।

कुणाल - व्हाट गलती मैन? कुछ नहीं सुना तो नहीं सुना। इसमें इतना नाराज क्यों होना?

(अभिमन्यु का प्रवेश)

अभिमन्यु - हाय कुणाल! हाय नेहा!

कुणाल हाय अभी!

नेहा - हेलो!

अभी - अंकल नहीं है?

नेहा - क्यों अंकल से मिलने आये हो?

अभी - अरे नहीं, नेहा। मैं तो तुम से .... तुम लोगों से मिलने आया था।

कुणाल - तो मिलो न।

अभी - आंटी भी नहीं दिख रही।

नेहा - एक घंटे बाद आना, दिख जायेगी।

कुणाल - चल बैठ। सुना क्या खबर है? कंसर्ट तो कमाल का था। यू मिस्ड ईट बडी! हाउ वाज योर पार्टी? तुमने बताया नहीं तुम परेश की पार्टी में जा रहे हो?

अभी - हाँ, वहां मुझे नेहा भी मिल गयी! ग्रेट पार्टी! क्यों नेहा?

नेहा (हेड फोन पर) - कोलावेरी कोलावेरी डी ....

कुणाल - वी हैव कंपनी आजकल!

अभी - कंपनी? व्हाट कंपनी?

कुणाल - एक नया प्राणी हमारे घर में रहने लगा है!

अभी - यू मीन कोई पेट .... कोई कुत्ता वुत्ता ले आये क्या?

कुणाल - कुत्ता होता तो क्या प्रोब्लम थी।

अभी - तो फिर कोई और जानवर? बता न क्या लफड़ा है?

कुणाल - पापा ने एक पेइंग गेस्ट पाल लिया है।

अभी - लड़का या लड़की?

कुणाल - लड़का, कोई राहुल शर्मा। मेडिकल स्टुडेंट है।

अभी - ये तो अंकल ने ठीक नहीं किया। हाउ कम यू अलाऊ अ बॉय इन योर हाउस?

नेहा - क्यों क्या प्रोब्लम है? तुम भी तो बॉय हो?

अभी - नहीं प्रोब्लम नहीं है, लेकिन अनजान आदमी पर कैसे भरोसा करोगे?

नेहा - सभी एक दूसरे के लिए अनजान होते हैं, जब तक उनसे हम मिले नहीं हो।

कुणाल - लेकिन नेहा, अभी की बात तो ठीक है। देखो पापा ने बस एक बार मिलकर उसको यहाँ रख लिया। उसकी क्या बैक ग्राउंड है, वो मेडिकल स्टुडेंट है भी या नहीं - क्या जानते हैं हम लोग उसके बारे में।

(*अन्दर से जग्गू आता है*)

जग्गू - यही तो हम कहे रहे साहब को, लेकिन साहब तो हमी को हड़का दिहिन। अरे हियाँ पास ही में एक मर्डर हुआ रहा की नहीं? पिछले हफ्ते?

नेहा - लेकिन वो तो उस घर के नौकर ने किया था।

जग्गू *(सकपकाते हुए)* - दीदी, नौकर नया रहा न?

नेहा - तुम कौन से पुराने हो? १५ दिन हुए हैं। क्या जानते हैं, हम तुम्हारे बारे में, यहीं न की तुम्हे हमारा ड्राइवर दिलेर लाया है।

कुणाल - नेहा, तुम इस बेचारे से क्यों बहस करती हो, ये तो हमें वार्न कर रहा है।

नेहा - वार्न और ये! माय फूट!

(तभी प्रवेश होता है राहुल का)

राहुल - हाय कुणाल, नेहा! मै ज्यादा लेट तो नहीं हो गया न?

कुणाल - लेट फॉर व्हाट?

राहुल - आई मीन .... क्या तुम लोगों ने लंच ले लिया।

कुणाल - हम लोग सन्डे को लंच नहीं लेते। ब्रेकफास्ट लेट से लिया था।

राहुल - ग्रेट! (*अभिमन्यु की तरफ देख कर*) - हाय, आई एम् राहुल शर्मा!

अभी (*बेमन से*) - हाय!

नेहा - जग्गू, तुम साहब का खाना लगा दो।

जग्गू (*बदतमीजी से*) - बीबीजी ने कमरे में रखवा दिया था। जाकर वहीं खा लेंगे।

जग्गू (*राहुल से*) - खा कर अपनी प्लेट धोकर टेबल पर रख देना।

नेहा - जग्गू ....प्लेट तुम धोकर रखोगे, समझे।

जग्गू (*बडबडाते हुए अन्दर जाता है*) - घर की चाकरी करते हैं, सारी दुनिया की नहीं ....

राहुल - नेहा, डोंट वरी! प्लेट मै साफ़ कर के रख दूंगा।

कुणाल - आज आज कर देना राहुल, बाद में मोम उसको समझा देगी।

अभी - राहुल, हम लोग कुछ जरूरी बात कर रहें हैं, विल यू एक्सक्यूज अस?

नेहा - जरूरी बात? कौन सी?

कुणाल - नेहा, हमारी कॉलेज की बात है।

नेहा - तो ठीक है करो तुम अपनी जरूरी बात, राहुल, आइये लेट में हेल्प यू विथ लंच।

अभी - अरे नेहा, तुम कहाँ जा रही हो, तुमसे छुपकर थोड़ी ....

नेहा - थैंक्स

राहुल और नेहा अन्दर जाते हैं।

अभी - मुझे ये नेहा का मेलजोल कुछ ठीक नहीं लग रहा, कुणाल।

कुणाल - अरे नहीं अभी, कुछ मेलजोल नहीं है। उसने भी पापा से मना किया था उसके लिए। मोम नहीं है न इस लिए उसको लंच देना जरूरी है। इट इज पार्ट ऑफ़ द डील।

अभी - चल कुणाल, मैं चलता हूँ। लेकिन आंटी से कहना की इसका ध्यान रखे ....

(सुनीता का प्रवेश)

सुनीता - अरे अभी, किसका ध्यान रखे आंटी?

अभी (*सकपका जाता है*) - कुछ नहीं आंटी, मैं कह रहा था की मौसम ठीक नहीं है, आंटी अपना ध्यान रखे।

सुनीता - हाउ स्वीट! जा रहे हो?

अभी - हाँ आंटी, बहुत देर से यहीं था, अब जा रहा हूँ।

(अभी का प्रस्थान)

कुणाल - मोम, अभी का भी कहना था की इस तरह किसी लड़के को पेईंग गेस्ट रखना ठीक नहीं है।

सुनीता - पता नहीं बेटा। दुनिया में किसका विश्वास करें किसका नहीं? अब जो भी होगा पापा के आने के बाद ही होगा।

(सुनीता अपने कमरे में जाती है। थोड़ी देर में कुणाल भी अन्दर अपने कमरे में जाता है)

बाहर से ड्राइवर दिलेर सामान की टोकरी लेकर आता है।

दिलेर - जगन भैया, ये सामान रख लो।

जग्गू बाहर आता है।

दिलेर दायें बाएं देखता है। फिर धीरे से जग्गू को पास खींच कर पूछता है -

दिलेर - जग्गू, कुछ हिसाब किताब लगाया की नहीं?

जग्गू - अरे क्या दिलेर भाई, हम सोचे रहे की साहब के जाने के बाद सब कुछ आसान हो जाएगा, लेकिन जाने के पहले साहब इस आदमी को घर में बैठा गए। ज्यादा समझदार लगता है ई हमका।

दिलेर - देखो हम भी सारे रस्ते मेमसाब को समझाएं हैं, की आजकल इस तरह का मेहमान घर में रखना ठीक नहीं है। कौन जाने कोई आतंकवादी ही हो?

जग्गू - ई खूब कहे - आतंकवादी! आजकल इस नाम से सब ही डरत है।

दिलेर - देखो भैया, जो करना है इसी हफ्ते मा करना है। बाद में कुछ न होइ है।

जग्गू - ठीक है, सब जुगाड़ तैयार रखना!

दिलेर - ठीक है। तैयार रखेंगे!

(सुनीता का प्रवेश)

सुनीता - क्या बात कर रहे हो? क्या तैयार रखोगे?

दिलेर - भाभीजी गाडी! गाडी तैयार रखेंगे, कहीं भैया जी को बाहर जाना हो तो?

दिलेर (*फुसफुसा कर*) - भाभीजी, वो आतंकवादी वाली बात कुणाल बाबा को और दीदी को जरूर समझा देना।

सुनीता (*परेशान होकर*) - प्लीज, दिलेर तुम ये सब बातें मुझसे मत कहो; मैं ऐसे ही बहुत परेशान हूँ।

दिलेर - जी भाभी जी!

(दिलेर का प्रस्थान)

सुनीता (*अपने आप से*) - हे भगवन! क्या करूँ, जो आता है, वही शक करता है। पता नहीं मनोज को क्या सूझी - ये मुसीबत घर में छोड़ गए।

हे भगवान! तुम्ही रास्ता दिखाओ।

(पर्दा गिरता है)

दृश्य 4

कुणाल फोन पर बात करता है।

(राहुल का प्रवेश)

कुणाल - सॉरी अंकित, मैं नहीं जा सकता। नोट पोस्सिब्ल दिस टाइम .... आई अन्डरस्टैंड की ये ट्रिप एजुकेशनल है, बट आई कैन नोट आस्क डैड फॉर मोनी इन दिस मंथ .... बॉस, तुम्हारे लिए 2000 ज्यादा नहीं हैं, लेकिन मेरे लिए हैं। माय डैड इज इन अ .... नहीं नहीं, उधार वुधार नहीं चाहिए .... थैंक्स .... (*राहुल पर नजर पड़ती है*) ....रखता हूँ .... बाय ...

राहुल - कुणाल, कैन आई हेल्प यू?

कुणाल - फॉर व्हाट?

राहुल - देखो मैंने तुम्हारी बात सुनी, अगर तुम्हे 2000 रुपैये चाहिए तो मैं दे सकता हूँ। जब कभी तुम्हारे पास हो तो लौटा देना।

कुणाल - नहीं, राहुल! माय डैड वोंट लाइक ईट! थैंक्स एनी वेज!

राहुल - भाई, डैड हमारे बीच में कहाँ आ गए। इट्स बिटविन यू एंड मी!

कुणाल - तुम मोम या नेहा से भी नहीं कहोगे?

राहुल - बिलकुल नहीं। दोस्ती में आपस की बातें कहीं बताई जाती है क्या?

कुणाल - थैंक्स राहुल, आई विल कन्फर्म ईट टु माय फ्रेंड्स नाउ।

दृश्य 5

पर्दा बंद है।

जुहू बीच का काल्पनिक दृश्य!

परदे के सामने राहुल आता है, हाथ में किताबें लिए हुए। समुद्र की लहरों की आवाज नेपथ्य से!

राहुल *(समुद्र से)* - सागर, मेरे दोस्त! यार कमाल का शहर है ये मुंबई! लेकिन यहाँ के लोगों को समझना बहुत मुश्किल है! किसके मन में क्या है कोई नहीं जानता। ऊपर से कुछ अन्दर से कुछ।

(तभी रास्ते में कोई चीज उसके पैरों से टकराती है, वो झुक कर उसे उठाता है! उलट पलट के उसे देखता है। वस्तु कोई इलेक्ट्रोनिक यन्त्र है। जिस पर कुछ बटन लगे हैं)

राहुल - ये क्या है? कोई खिलौना है, या रिमोट कंट्रोल है। लगता है किसी का गिर गया। और ये बटन किस लिए? चालू करके देखें।

(बटन चालू करता है)

राहुल - ये लाल बत्ती जल गयी।

(तभी कोई हवलदार डंडा घुमाता हुआ आता है। राहुल जल्दी से उस यन्त्र को जेब में रख लेता है।)

हवलदार - ऐ छोकरे, यहाँ क्या करता है?

राहुल उसका उत्तर देना चाहता है उसके पहले, उसे हवलदार की आवाज फिर सुनती है)

[हवलदार की आवाज - साला कड़का लगता है।]

राहुल - क्या बोला आपने?

हवलदार - कम सुनता है क्या, मैंने कहा - यहाँ क्या करता है?

राहुल - और उसके बाद क्या बोला - साला कड़का लगता है?

[हवलदार (सकपका कर) - ये बात तो अपुन बोला इच नहीं खाली सोचा था, साला इसको कैसे सुना?]

हवलदार - क्या बकता है?

राहुल - बकता नहीं है साहब, आपने बोला की ये बात तो मैंने इसको बोला ही नहीं खाली सोचा था।

हवलदार की आवाज - बाप रे, कोई बहुत पहुंचा हुआ लगता है, भाग लो यहाँ से!

राहुल - साब, भागने की कोई जरूरत नहीं।

हवलदार भाग खड़ा होता है!

राहुल - हुम्म! तो ये माजरा है। कोई क्या सोच रहा है वो बात ये मुझे सुना देता है! इस यन्त्र का ये कमाल है। चलो रख लेते हैं, मजा आएगा।

(राहुल वहां से चला जाता है)

दृश्य 6

पर्दा खुलता है।

नेहा सोफा पर लेती हुई, कोई अंग्रेजी का नोवेल पढ़ रही है। तभी अभिमन्यु वहां आता है।

अभिमन्यु - हाय नेहा, हाउ आर यू? कुणाल है?

नेहा - कुणाल नहीं है, पापा शिप पर गए हैं, मोम किट्टी पार्टी में गयी है। इस लिए तुम भी फिर आना।

अभिमन्यु - (अन्दर आते हुए) - क्यूँ? क्या मैं तुमसे मिलने नहीं आ सकता?

नेहा - मुझसे क्यों मिलना? वैसे भी मैं बीजी हूँ इस नोवेल में। सो एन्ग्रोस्सिंग!

अभी नेहा के पास आता है।

अभी - नेहा, तुम मुझसे हमेशा इतनी नाराज क्यों रहती हो?

नेहा - नाराज क्यों? इन फैक्ट, आई हार्डली केयर फॉर यू?

अभिमन्यु नेहा का हाथ पकड़ कर अपनी और खींचने की की कोशिश करता है।

नेहा (जोर से) - स्टे अवे फ्रॉम मी!

अभी - व्हाई?

(तभी वहां राहुल का प्रवेश)

अभिमन्यु झटके से नेहा का हाथ छोड़ देता है।

राहुल - हाय नेहा, हाय अभी!

अभी - हाय!

[*अभी की आवाज - ये साला कहाँ पहुँच गया?*]

राहुल - लगता है मैं गलत वक़्त पर आ गया।

नेहा - नहीं! तुम बिलकुल सही वक़्त पर आये हो राहुल।

[नेहा की आवाज - ओह राहुल, ये आदमी न जाने क्या करने वाला था?]

राहुल - नेहा, सब ठीक है न?

अभी - ठीक क्यों नहीं होगा?

[अभी की आवाज - सब ठीक था, लेकिन तुम यहाँ मरने को क्यों आ गए। जिंदगी में साला पहला मौका मिला था, नेहा के साथ!]

राहुल - अभी, कुणाल घर पर नहीं है?

अभी - मुझे क्या पता?

[अभी की आवाज - साला पूछ तो ऐसे रहा है जैसे नेहा का बाप हो।]

नेहा - राहुल कुणाल भैया नहीं है, इसलिए मैंने अभी से कहा की फिर आना।

[नेहा की आवाज - ओह राहुल! मैं कैसे बताऊँ की, ये कमीना कोई बुरी नीयत से यहाँ बैठा था।]

राहुल - अभी, मेरे ख्याल में दोस्तों को दरवाजे से ही पूछ लेना चाहिए कि उनका दोस्त घर पर है या नहीं?

अभी - ओह, तो तुम मुझे मैनर्स सिखा रहे हो? तुम जानते हो कि कुणाल मेरा कितना अच्छा दोस्त है।

[अभी की आवाज - यू बास्टर्ड! मुझे नीचा दिखा रहे हो! साले किसी दिन बाहर चल मेरे साथ, तुझे मजा चखाता हूँ। सारे दांत तोड़ कर हाथ में दे दूंगा।]

राहुल - इतना गुस्सा अभी! मैंने ऐसा क्या कह दिया। इस घर का सदस्य होने के नाते जो सही है वही कहा न?

अभी - सदस्य। माय फूट!

[अभी की आवाज - ये तो बहुत ज्यादा हो रहा है।]

नेहा - अभी, तुम अभी यहाँ से जाओ। यही अच्छा है।

[नेहा की आवाज - आने दो आज कुणाल को, तेरी सारी हरकत बताऊँगी कमीने!]

अभी - ठीक है, तुम कहती हो तो ....

[अभी की आवाज - यू बिच! पता नहीं अपने आप को क्या समझती है। थोडा सा भाव दे दिया तो अपने आप को ऐश्वर्या रॉय समझने लगी।]

(अभी का प्रस्थान)

नेहा - थैंक्स राहुल!

[नेहा की आवाज - ओह राहुल, कैसे बताऊँ की यू आर माय मिस्टर राईट!]

राहुल - नेहा, तुम शायद कुछ परेशान थी, अब तुम अपने कमरे में जाओ।

नेहा - नहीं ऐसी कोई बात नहीं, तुम बैठो न यहाँ।

राहुल - नहीं नेहा, घर में कोई नहीं है इस लिए मेरा यहाँ तुम्हारे पास बैठना ठीक नहीं है। तुम अपने कमरे में जाओ, और मैं मेरे कमरे में।

दृश्य 7

जग्गू किचन से बाहर आता है। दबे पाँव ड्राइंग रूम में इधर उधर देखता है। फिर अन्दर कमरे की तरफ बढ़ जाता है। अन्दर उसके अलमारी से छेड़ छाड़ की आवाज आती है। सुनकर राहुल बाहर आता है।

राहुल - अन्दर कौन है? .... कौन है अन्दर?

जग्गू हडबडा कर बाहर आता है।

जग्गू (थोडा तन कर) - क्यों चिल्ला रहे हो?

[जग्गू की आवाज - ये साला घर में कब आया?]

राहुल - तुम कमरे के अंदर क्या कर रहे थे?

जग्गू *(सकपका कर)* - अन्दर क्या करेंगे? सफाई कर रहे थे।

[जग्गू की आवाज - ई तो साला शक शुबहा कर रहा है!]

राहुल - आंटी के कमरे में सफाई, आंटी के पीछे से।

जग्गू (बोखला कर) - हमका बोल के गयी रहीं भौजी!

[जग्गू की आवाज - ये साला सब कुछ बक न देवे कहीं!]

राहुल - सफाई के लिए तो हाथ में झाड़ू होनी चाहिए, ये स्क्रू ड्राइवर से क्या कर रहे हो?

जग्गू (छुपाते हुए) - बात ये है न भैयाजी, की घर का छोटा मोटा मरम्मत का काम भौजी हमीं को बोल देती है। बहुत दिनों से उनका खिड़की का दरवाजा जाम रहा। हम सोचा की चलो खिड़की को जरा कस देवें। बस यूँ ही। .... (*मीठा बोलते हुए*).... भैय्याजी, आप तो हमको डरा ही दिए। आप चिंता न करो। आगे से आपका पूरा ध्यान हमीं रखेंगे। कौनो खास चीज खाने की इच्छा हो तो हमका बता देना। हम बना देंगे, वर्ना इस घर में तो कोई आपका दोस्त है नहीं। सब पैसा के लिए आपको रखें हैं यहाँ।

[जग्गू की आवाज - लगता है फंस गया, हमरी बातों में। जब तक हमरा काम नहीं हो जाता, ससुरे को पटा कर रखना पड़ेगा।]

राहुल - आज तो मैं संभाल लूँगा, लेकिन आइन्दा ऐसी हरकत करोगे तो आंटी से शिकायत करूंगा।

जग्गू (मिठास के साथ) - नहीं करेंगे राहुल बाबा, कभी कभी हम भूल जाते हैं की नौकरन की मर्यादा कहाँ तक होवे है।

[जग्गू की आवाज - हरामी के पिल्ले, ४-५ दिन और चुप रह, उसके बाद हम कहाँ पकड़ में आयेंगे तुम्हारे]

(जग्गू का प्रस्थान)

नेपथ्य से आवाज़ें आती हैं - जग्गू और दिलेर के बात करने की।

जग्गू की आवाज - दिलेर भाई, मामला संगीन हो रहा है, जल्दी करो।

दिलेर की आवाज - जगन, चिंता मत कर, कल का ही प्रोग्राम बनाते हैं। दोपहर में सिर्फ मेम साब होंगी। उस समय मैं अन्दर आ जाऊँगा। दोनों मिलकर मेम साब को बाँध देंगे, और फिर माल लेकर भाग लेंगे।

जग्गू की आवाज - पागल हो क्या, मेम साब को जिन्दा छोड़ दिया तो फिर हम कहाँ से बचेंगे। मेम साब का काम तमाम करके माल कहीं छुपाना पड़ेगा, और फिर कुछ दिनों के लिए काम पर रहना होगा। तभी पुलिस शक नहीं करेगी।

दिलेर - चलो फिर एक गंडासा भेजता हूँ अन्दर। आज शाम को लौंड्री के कपड़ों के पैकेट में छुपा होगा। तुम्हे ही संभालना होगा। कपडे अन्दर रखते समय गंडासा छुपा देना।

जग्गू - ठीक है दिलेर भाई। कल का प्रोग्राम पक्का रहा।

राहुल - (*अपने आप से*) - इसकी कोई बडी साजिश है। मुझे पूरा ध्यान रखना पड़ेगा। इस वक़्त किसी को बता कर भी कोई लाभ नहीं होगा। क्योंकि सब मुझे ही झूठा समझेंगे। हाँ समय आने पर नेहा को बता सकता हूँ। वो मुझे सही समझती है। लगता है वो मुझ से प्यार करने लगी है।

दर्शकों की और मुखातिब होकर -

आप का क्या ख्याल है?

दृश्य 8

सुनीता डाइनिंग टेबल पर बैठ कर सब्जी काट रही है। कुणाल का प्रवेश।

कुणाल - मोम, तुम्हे ऐसा नहीं लगता की नेहा हमारे पेईंग गेस्ट के साथ कुछ ज्यादा घुल मिल रही है?

सुनीता - मैंने तो ध्यान नहीं दिया।

कुणाल - तो ध्यान दो न, मोम! अभी ठीक कहता था, की किसी लड़के को इस घर में रखना ठीक नहीं है।

सुनीता - वैसे ये लड़का मुझे तो बुरा नहीं लगता।

कुणाल - मोम प्लीज! तुम मुद्दे को समझ नहीं रही। मैं नेहा की सेफ्टी की बात कर रहा हूँ।

सुनीता - मैं भी!

कुणाल - अभी तो मैं जल्दी में हूँ, शाम को बैठ कर नेहा से भी बात करेंगे।

सुनीता - जल्दी आना।

(अन्दर से राहुल का प्रवेश। राहुल कुरते पायजामे में है)

राहुल - गुड मोर्निंग आंटी

सुनीता - गुड मोर्निंग, ये क्या राहुल? क्या आज कॉलेज की छुट्टी है?

राहुल - नहीं आंटी, दो कारण है - एक तो आज मेरे सर में दर्द हो रहा है और दूसरा एक प्रोजेक्ट का काम है जो घर से भी हो सकता है।

सुनीता - ठीक है, आज की तो कोई बात नहीं, लेकिन राहुल, दोपहर के वक्त मैं चाहूंगी की तुम अपना समय कॉलेज में ही बिताओ।

[सुनीता की आवाज - बेटा, मुझे गलत मत समझना। लोग तुम्हे गलत न समझे इसके लिए ये जरूरी है।]

राहुल - आंटी बिलकुल सही कहा आपने। बस आज ही ऐसा होगा, वर्ना कोई काम नहीं भी हो तो मेरा टाइम कॉलेज लाइब्रेरी में अच्छा पास होता है।

सुनीता - बहुत समझदार हो तुम। राहुल।

[सुनीता की आवाज - पता नहीं क्यों, तुम मुझे कुणाल जैसे ही लगते हो।]

राहुल - थैंक्स मोम!

सुनीता - अरे तुमने मुझे मोम कहा?

राहुल - सॉरी आंटी, माँ याद आ रही थी, इस लिए मुंह से निकल गया।

सुनीता - कोई बात नहीं बेटा, जब तक यहाँ हो मैं तुम्हारी माँ की तरह ही हूँ।

राहुल (मुस्कुरा कर) - उसमे क्या शक है आंटी!

ड्राइवर दिलेर का प्रवेश।

दिलेर - जग्गू भैया .... ओ जग्गू भैया!

अन्दर से सुनीता आती है।

सुनीता - क्या है दिलेर?

दिलेर - भाभीजी आपके लौंड्री के कपडे लायें हैं, जग्गू को दे देते हैं, अन्दर रख देगा।

किचन से जग्गू भाग कर आता है।

जग्गू - अरे दलेर भाई, आप हैं। हम जरा संडास में रहे। लौंड्री का कपडा लायें हैं, लाइए।

राहुल का प्रवेश

राहुल - कुछ कपडे मेरे भी होंगे, मुझे दीजिये, मैं छांट लेता हूँ।

जग्गू - राहुल भैया, आप काहे को कष्ट करेंगे, ई काम तो हम नौकरन का है, हम पहुंचा देंगे आपका कमरा मा।

राहुल - नहीं जग्गू भाई, मुझे मेरा काम खुद करने की आदत है। लाइए इधर दीजिये।

राहुल दिलेर के हाथ से पैकेट खींचता है

जग्गू राहुल के हाथ से पैकेट खींचता है।

जग्गू - ऐसे कैसे दे दें आपको। फिर हम क्या काम करेंगे?

सुनीता - जग्गू, ये क्या बदतमीजी है।

सुनीता आगे बढ़ के पैकेट अपने हाथ में लेने की कोशिश करती है।

राहुल, जग्गू और सुनीता की खींचतान में पैकेट नीचे गिर जाता है, और उसमे से गंडासा छटक कर गिर जाता है।

सभी चौंक कर अलग अलग हो जाते हैं।

सुनीता झुक कर गंडासे को उठती है।

सुनीता (आश्चर्य से) - ये क्या है?

जग्गू इधर उधर देखता है, और फिर तेवर बदलता है।

जग्गू - दिलेर भैया, ई क्या लाये हो? लौंड्री के कपड़ों में ई का कौन काम?

दिलेर - ई ..... ई ....

जग्गू - का ई ई करते हो? इस का क्या मतबल है, बताओ मालकिन को।

राहुल - हाँ दिलेर ये क्या है?

दिलेर - मालकिन हमको माफ़ कर दीजिये। हमारा दिमाग इस जग्गू ने ख़राब कर दिया था। हम लोग मिल कर आज आपके घर में डकैती करने का प्लान बनाये थे।

सुनीता - हे भगवान!

जग्गू - अरे ओ दिलेर, माना की हमको ई नौकरी आपने दिलाई, इसका ई मतबल हुआ कि आप अपने गलत काम में हमको

फंसाए? क्यों राहुल बाबा? आप तो हमका अच्छी तरह जानते हैं, हम ऐसा काम कभी कर सकत हैं क्या?

राहुल - जग्गू, तुम तो कुछ भी कर सकते हो। तुम्हारी साजिश तो बहुत दिनों से चल रही थी। कल जब आंटी बाहर गयी थी तो तुम उनके कमरे में पेच कश लेकर क्या कर रहे थे? जब मैंने रँगे हाथों पकड़ लिया तो बोले की मालकिन बोल के गयी है कि कमरे की खिड़की टाईट कर देना। वो तो मैंने तुम दोनों की बात सुन ली थी, जब तुम लोग इस हथियार को छुपा कर अन्दर लाने का प्लान बना रहे थे। इसी लिए आज मैंने कॉलेज की छुट्टी की थी।

दिलेर - जग्गू, क्या देखते हो, सालों को धर दबोचो, यही सलटा देते हैं दोनों को!

जग्गू - ठीक कहते हो दिलेर भाई!

राहुल - (*अपने मोबाइल फोन का बटन दबाता है*) रिलेक्स, जग्गू भाई और श्रीमान दिलेर सिंह। पुलिस की जीप बाहर खड़ी है। तुम्हारे सारे प्लान का पता यहाँ के पुलिस थाने को है, क्योंकि मैंने

उन्हें सारी बात बता दी थी, रंगे हाथों पकड़ने के लिए इस मौके का इन्तजार कर रहे थे।

पुलिस इन्स्पेक्टर का प्रवेश। दोनों को कोलर से पकड़ कर पुलिस ले जाती है।

सुनीता सोफे पर बैठ जाती है।

राहुल पानी लाता है।

राहुल - आंटी पानी पीजिये। अब सब ठीक है।

सुनीता - बेटा, तुम आदमी हो या फ़रिश्ता! भगवान ने ही तुम्हे यहाँ भेजा था। वर्ना आज तो मैं इस दुनिया में नहीं होती ....

सुनीता फूट फूट के रोती है।

दृश्य 9

शाम का समय!

सुनीता सोफा पर बैठी है। सुनीता के सामने बैठे हैं - कुणाल और नेहा।

सुनीता - नेहा, कुणाल कह रहा है की तुम्हारा मेल जोल राहुल के साथ कुछ ज्यादा ही बढ़ रहा है। क्या ये सच है?

नेहा (*कुणाल की तरफ देखती है*) - दो दिन पहले तक तो ये सच नहीं था, लेकिन इन दो दिनों में मेरे साथ जो कुछ हुआ उसके बाद ये सच है।

कुणाल - क्या हुआ दो दिनों में?

नेहा फूट फूट कर रोने लगती है।

सुनीता - क्या हुआ बेटी? साफ़ साफ़ बताओ!

नेहा - (*रोते हुए*) भैय्या का दोस्त अभिमन्यु ....

कुणाल - हाँ क्या हुआ अभिमन्यु को?

नेहा - कल दोपहर में आया, जब आप लोग कोई नहीं थे। मैंने उसे वापस जाने को कहा। लेकिन उसने मुझ से बदतमीज़ी की। जब मैंने उसे डांटना चाह तो मेरा हाथ पकड़ लिया। टाइम पर राहुल यहाँ पहुँच गया, और उसने बिलकुल साफ़ शब्दों में अभी को यहाँ से जाने को कहा। अभी ने राहुल से भी बदतमीज़ी की।

कुणाल गुस्से में खड़ा हो गया।

कुणाल (मुट्ठियाँ भींचते हुए) - वो कमीना अभी, मैं उसे छोडूंगा नहीं! .... राहुल ने तो तुम से कुछ नहीं किया न?

नेहा - किया था! राहुल ने मुझे समझाया था की जब कोई घर में न हो तो मुझे अपने कमरे में रहना चाहिए, और राहुल के साथ भी नहीं रहना चाहिए।

कुणाल - और वो कमीना अभी मुझे भड़का रहा था राहुल के खिलाफ!

सुनीता - नेहा! एक बात बताओ - क्या राहुल तुम्हे अच्छा लगता है?

नेहा (*आश्चर्यचकित होकर*) - क्यों? ये क्या बात हुई मोम?

सुनीता - बस ये बताओ की क्या राहुल तुम्हे पसंद है?

नेहा (*शरमाते हुए*) - हाँ, वो अच्छा लड़का है .... मुझे अच्छा लगता है .... लेकिन तुम्हारा ये पूछने का परपज क्या है?

कुणाल - नेहा, तुम नहीं जानती की आज राहुल ने हमारे ऊपर कितना बड़ा उपकार किया है। अगर राहुल नहीं होता तो इस घर में आज न जाने कितना बड़ा अनर्थ हो जाता .... (*कुणाल फूट फूट के रोने लगता है*) ....

नेहा खड़ी हो जाती है। अपनी मम्मी के पास आकर उसके गले में बाहें डाल कर पूछती है।

नेहा - प्लीज बताइए क्या हुआ है आज?

सुनीता - नेहा, हमारे नौकर जग्गू और ड्राइवर दिलेर ने मिल कर मुझे मार कर हमें लूटने का प्लान बनाया था।

कुणाल - नेहा, आज राहुल घर पर नहीं होता, तो न जाने क्या हो जाता।

सुनीता - राहुल को उनकी प्लानिंग का अंदाज हो गया था, इस लिए उसने जान बूझ कर अपना कॉलेज मिस किया।

नेहा - हे भगवान! थैंक गोड!

सुनीता - थैंक राहुल!

कुणाल - नेहा, तुम्हारे आने के पहले मैं और मोम यही बात कर रहे थे। मोम को ऐसा लगता है कि उन्हें तुम्हारे लिए राहुल जैसा ही लड़का चाहिए।

सुनीता - राहुल जैसा नहीं - राहुल ही! क्या तुम्हारी हाँ है, नेहा?

नेहा (*शरमाते हुए*) - आप पहले उससे तो पूछिए, मुझे तो वो पहले दिन से ही पसंद था मोम।

सुनीता - ये पूछना मेरा काम है।

कुणाल - मोम, कल डैडी भी तो आ रहे हैं न?

सुनीता - हाँ।

नेहा - ओह मोम आई ऍम सो हैप्पी।

सुनीता नेहा और कुणाल को गले लगा लेती है।

पर्दा गिरता है!

दृश्य 10

बंद पर्दे के सामने

जुहू बीच का दृष्य! समुद्र की लहरों की आवाज नेपथ्य से!

राहुल एक तरफ से चल कर आता हैं। एक दो चक्कर मार कर रुक जाता हैं। दर्शकों की तरफ देख कर कहता हैं।

राहुल - क्या सोच रहें हैं? यही न, की मैं कितना लकी हूँ; क्योंकि मेरे हाथ इतना अच्छा यंत्र लगा है। ऐसा नहीं है भाई साहब। ये यंत्र बहुत अच्छी चीज नहीं है। अब आप कहेंगे - राहुल, ये यंत्र अगर तुम्हारे पास नहीं होता तो तुम शबरवाल फैमिली की मदद कैसे कर पाते। सवाल ये नहीं है की मैंने शबरवाल फैमिली की मदद की; सवाल ये है की ये यंत्र जग्गू या दिलेर के हाथ लग जाता तो क्या होता?

मुझे सुन रहा है कि आप लोगों के दिल में इस वक्त क्या चल रहा है। बहुत से लोग सोच रहें हैं की काश ये यंत्र उन्हें मिल जाए। लेकिन बहुत से ऐसे भी है जो मन ही मन डर रहें हैं - इस यंत्र से।

वो एक भाई साहब पीछे बैठे घबरा रहें हैं; उन्हें डर ये है कि उनके पास बैठी उनकी बीवी के हाथ अगर ये यंत्र लग गया तो क्या होगा? होगा क्या - उनकी पिटाई! भाई दफ्तर में उनका अफेयर जो चल रहा है उनकी सेक्रेटरी से! यंत्र छोड़िये और बंद कीजिये इस अफेयर को। इतनी सुन्दर बीवी है आपकी। जानते हैं वो इस वक्त क्या सोच रही है? वो सोच रही है - पता नहीं कैसे कैसे पति होते

हैं? मैं तो बहुत लकी हूँ, की मुझे इनके जैसा लॉयल हसबैंड मिला। बने रहने दीजिये उनके इस भ्रम को!

और वो एक देवी जी सोच रहीं हैं की उनके पति को पता नहीं चल जाए की उनका डायमंड का कीमती हार पिछले २-३ दिनों से न जाने कहाँ गुम हो गया है? .... बहन जी, चिंता न करें क्योंकि आपके पति इस समय सोच रहें हैं की मैंने तो अपनी बीवी का हार परसों लाकर में रख दिया है, इसलिए मेरी बीवी को तो चिंता नहीं। क्यों फ्री हुए न? यन्त्र की जरूरत नहीं, अपने पतिदेव से शेयर कीजिये सारी बातें।

और सामने ये स्मार्ट सा लड़का सोच रहा है कि काश उसके हाथ भी ये यंत्र लग जाता तो उसे भी राहुल की तरह पता चल जाता कि उसके पड़ोस की नेहा या जो भी नाम है उसका - उसके बारे में क्या सोचती है? मेरे भाई वो तुम्हारे बारे में क्या सोचती है वो इस बात पर निर्भर करता है की तुम्हारा उसके प्रति व्यवहार कैसा है! हमारी नेहा मुझे इस लिए लाइक करती थी, क्योंकि मैं उसकी नजर में एक पढ़ा लिखा, वेल मैनर्ड, कल्चर्ड लड़का हूँ। और मेरी तुलना में अभिमन्यु एक झूठ बोलने वाला, भड़काने वाला और मौका पा कर गलत लाभ लेने वाला एक बदमाश लड़का था। .... अब आप समझ सकते हैं कि वो आपके बारे में क्या सोचती होगी।

आपकी क्या कहूँ, मैं खुद अपनी बात बताऊँ आपको? आज मेरा मेडिकल में पहला टेस्ट था। मैंने सारे प्रश्न सही किये; लेकिन मैं खुश नहीं हूँ। आप पूछेंगे क्यूँ? वो इसलिए की आधे प्रश्न तो मुझे आते थे, लेकिन बाकी आधे नहीं। लेकिन मैं सुन पा रहा था, मेरे आस पास बैठे दूसरे स्टूडेंट्स के दिमाग में चल रही गतिविधियों को। इससे मुझे तो मेरे सारे उत्तर मिलते जा रहे थे, लेकिन उनके गलत उत्तर को ठीक करने में मैं उनकी कुछ मदद नहीं कर पा रहा था। ये तो नक़ल ही हुई न? अब बताइये इस तरह नक़ल कर के अगर मैं पास भी हो गया तो मुझे क्या ख़ुशी मिलेगी।

मेरे ख्याल है की इस तरह का यंत्र मेरे लिए ही नहीं पूरी मानवता के लिए सही नहीं है। हमारा ये जो व्यक्तिगत कोना है न; हाँ ये हमारा मन, अगर उसकी भी प्राइवेसी ख़त्म हो गयी तो बचेगा क्या? इसलिए मैंने फैसला लिया है की इस यंत्र को आज जुहू बीच पर जाकर समुद्र के बीच फेंक आऊंगा। चलेंगे आप भी मेरे साथ?

मंच पर अँधेरा होता है!

www.ingramcontent.com/pod-product-compliance
Lightning Source LLC
LaVergne TN
LVHW100842071026
849525LV00024B/60
* 9 7 9 8 8 9 4 4 6 3 6 5 0 *